U0679017

吟水

孟梦诗集

孟梦 著

北方文艺出版社

图书在版编目（CIP）数据

哈北：孟梦诗集 / 孟梦著 . -- 哈尔滨：北方文艺
出版社 , 2020.12
ISBN 978-7-5317-4625-6

Ⅰ . ①哈… Ⅱ . ①孟… Ⅲ . ①诗集－中国－当代
Ⅳ . ① I227

中国版本图书馆 CIP 数据核字 (2020) 第 193871 号

作　序 / 鲍　十
书名题字 / 王立民
策　划 / 李晓东
插页书法 / 马　硕　马俊达　王立新　王志龙　田旺财　刘法奎
　　　　　刘砚军　宋卫东　赵志军　姜武寅　高向增　高新祥

哈北：孟梦诗集
HABEI: MENGMENG SHIJI

作　者 / 孟　梦
责任编辑 / 侯文妍　金　宇　　　　　　　装帧设计 / 哈尔滨麦穗文化传媒有限公司

出版发行 / 北方文艺出版社　　　　　　　邮　编 /150090
发行电话 / （0451）86825533　　　　　　经　销 / 新华书店
地　址 / 哈尔滨市南岗区宣庆小区 1 号楼　　网　址 /www.bfwy.com

印　刷 / 哈尔滨超群印务有限公司　　　　　开　本 /787×1092　　1/16
字　数 /125 千　　　　　　　　　　　　　印　张 /15.5
版　次 /2020 年 12 月第 1 版　　　　　　　印　次 /2020 年 12 月第 1 次印刷

书　号 /978-7-5317-4625-6　　　　　　　　定　价 /98.00 元

哈北的留声机不紧不慢 / **单从这声音里就能察觉到哈北的色彩**

孟梦诗序

我与孟梦虽未曾谋面，相互的根底却是知道的。

我小时候，曾与孟梦的祖父及伯父一家住在同一个村子里。那个村子叫"赵永福屯"，行政上归肇东市涝洲镇新兴村管辖。那会儿，孟梦的父亲正在外面当兵，且已经好多年不在村里，我似乎从未跟他接触过，所以印象很浅，仅仅知道有这样一个人。但我对孟梦的伯父却十分熟悉，一个粗通文墨的农民，像所有的农民一样辛苦、勤劳、老实巴交。我还去过他伯父的家，记忆中是两间平房，院子和屋里都很整洁。

时间又过去若干年，我从中学毕业了，回家做了生产队的社员。隐约记得离校那天从涝洲（中学所在地）回到赵永福屯之时，内心有那种"灰土土"与茫然不知所措的感觉。不过第二天，我就跟其他社员一道，去生产队干活儿了。当然，说来我还是幸运的，在我回乡的第二年，我们公社就成立了一所"五·七农业大学"，专门培养农技人员，学员由全公社各个生产队选送，每个生产队选送一人。我所在的生产队，选送了我。

正是在"五·七农业大学"，我认识了孟梦的父亲。孟梦的父亲从部队转了业，被分派到我们这所"大学"来做教师。不过那会儿我们的学习已接近尾声了。初见的情形已记不起来，只记得他脸色比较黑，身上似有很大的烟味。在那期间我们没有深聊过（我发现，他不是一个爱说话的人），只简单地交谈过几次，基本上都是他问我答，问问我爷爷和我爸爸的近况（显然，他跟他们更熟悉），但在内心深处，还是存有一种亲切感。这样直到我们结了业。之后因为整个形势都发生了大变化，这所"五·七农业大学"也便停办、解散了。

如此追根溯源，我与孟梦，便是真正的乡亲了。

我为我有这样一位诗人乡亲感到由衷地高兴和自豪！在读过孟梦的诗作后，我认为他是一位真正的诗人，不是一个伪诗人或假诗人。这一点非常重要（真正的诗人是不容亵渎的）。

他有一首题目叫作《镜像·那些年》的诗，我觉得好。现引于下：

哈北的坝上从来都不缺少声音

从过去到现在，江水川流不息

雨可以穿透哈北坝下的土坯房
可以穿透房前大地的表层和檐下石头的硬度
但，却不曾穿透坝下女人种植的庄稼
不曾穿透女人内心的刚毅
眸光向远，在哈北分明的四季里

稻子和鱼，若隐若现
某种奢望总会牵扯出某种痛，不动声色
哈北彩绘着所有的可能
静谧、喧闹、燥热、寒冷、孤独，甚至是无奈
而哈北的早晨，阳光和炊烟继续

灶台里的火生命力旺盛
顽皮的孩子总是幻想着熄灭柴草，拆掉风箱
取出时光打磨后锃亮的拉杆
然后做武林高手
可是，这至今未能如愿

哈北安静的夜里并不安静
孩子的梦里到底藏着童年多少的无忧无虑
谁的眼泪正汇入坝下的江水中
风起时，涟漪荡漾
哭着笑，淡看天明

孕育是极为庄重的过程
庄稼一年生长一季
而哈北女人的男人和孩子们，一辈子生长一季

燃烧黑色有两种方式
抑或火种，抑或眸光
燃烧黑色有两种可能
抑或温暖，抑或温暖
哈北的坝上能容纳一切的声音，这包括呐喊
贫瘠的土坯房，雨后劫生

思想者不会沉睡，哈北也不会沉睡

生命在哈北的坝下延续
鱼群覆盖鱼群，稻香覆盖稻香，江水覆盖江水

读这首诗，让我想起了心心念念的家乡，也看到了心
心念念的家乡。实际上，他写的要比"家乡"二字多
得多。比那块土地多，比土地上的事物多，比分明的
四季多，比水稻和鱼多，比男人女人多。在这首诗里，
我读到了我所有的小说想表达而没有表达出来的主
题。我遗憾自己不是一个诗人。

孟梦的这部诗集名叫《哈北》。在写给我的邮件中，
他说："（我）近两年主要以哈北（哈尔滨松花江以北，
包括家乡涝洲）为主题写诗，受其他老师启发，哈北

已不再是一个行政区域，而是我心中的一种文化疆域。为了圆自己一个梦，（我）决定出版自己的首部诗集，诗集的名字拟定为《哈北》。"

如他自己所言，孟梦在"哈北"这块他自己命名的"文化疆域"上刻苦地、一笔一画地写着他的诗，写下了他对生活、对生命、对命运、对爱情、对人情、对人性、对时间、对岁月、对古今、对土地、对庄稼等的感受和思考。并在此挥洒着他的激情、他的心血、他的才华以及他的气力。

我在前面说过，我与孟梦未曾谋面，不知道他是怎样的一个人，通过读他的诗，我料想他是一个经常沉思默想的人。正好他有一首诗，表现出了他的沉默的气质——

《孤独和思考》

我喜欢沉默着来，沉默着走
我知道这不是造就我孤独和寂寞的理由
云朵扯出我的思绪
向天空，向大地，向远，向我看不见的地方
我从未想过雕琢自己
因为，我更喜欢自己原本的样子
哈北的丁香花开了又败
每年都不同

每年我都在找寻给予我的惊喜

我在众多人中间

穿梭，擦肩，对视，呼吸，生长

我在孤独中陷入了沉思

一个人可以走多远

既不是时间，也不是距离，是厚度和辽阔

孤独者有孤独的理由

不喧嚣，不盲从

验证，可以交给死后呼吸旺盛的灵魂

在这首诗里，有一个句子引起了我的注意，"不喧嚣，不盲从"。我认为，这是一个诗人，或一个作家，或一个文化人，或任何一个普通百姓的最为可贵的品质，同时这也是最低的或最基本的要求。尤其是诗人和作家，切不要跟人去唱合唱。大合唱不要唱，小合唱也不要唱。要唱就自个儿唱，并且唱自己的歌！对一个写作者来说，独立思考（并且勤于思考、善于思考、站在历史的高度来思考）和独立写作太重要了，要写就写自己内心认可的作品，千万不要写违心的东西，哪怕一个字。

我愿以此言，与孟梦共勉！

2020 年 7 月 30 日

鲍十，中国作家协会会员。著有中短篇小说《拜庄》、长篇小说《道路母亲·樱桃》等。中篇小说《纪念》被改编成电影《我的父亲母亲》，短篇小说《葵花开放的声音》被改编成同名话剧，短篇小说《冼阿芳的事》入选当代中国文学最新作品排行榜。

哈北 孟梦诗集 目录

北，已漫过城南

城南墙下的三角梅

还那样倔强吗，是不是已经花开了半夏

好久未闻的圣 · 索菲亚教堂的钟声

你是否还清晰地记得

鸽哨散落在天空下的和弦

中央大街的面包石

总会在思念的季节自弹自唱一曲民谣

马迭尔西餐厅的烛光已为你点燃

钢琴凳上，王子未在

坐落在哈北的哈尔滨大剧院里的音乐剧

因为你，我从未独自拉开帷幕

隔窗而望的万达茂

而今，已不再是你离开时的机器轰鸣

在哈北的坝上，在你的坝上

你调皮的样子还在

像坝上的路灯，像路灯下的长椅，像长椅上的月光

在坐北朝南的哈北窗下

你的北，早已漫过了城南

藏匿哈北雨后的痛点

雨一帧一帧，刺着

在哈北的肌肤上，刺着。痛点成河

躁动并未走远，并未

暗地里，是谁还扯着灵魂在眸光中泛滥

躯壳，雨一样地流动

哈北的这场雨不温不火，没有个性

那些行走的水和静止的石没有碰撞、没有撕扯

雷声隐去，闪电隐去，细雨绵绵

在哈北雨后的宅子里

我敞开哈北雨后的窗

看栅栏的虚无，看树木的淡然，看有几只蜻蜓点水

书橱里没有顾城，没有海子，没有卧夫

他们都在一场雨中走失

而我，正在藏匿哈北雨后的痛点

雨一帧一帧，消失

在哈北的肌肤上，消失。他们来了

穿越，哈北以北

越过哈北街区

向哈北以北的辽阔挺进

我逆光而行

无限地接近太阳

可这一刻

阳光即将归隐山林

而我即将点燃另一种暖，在路上

我知道，就要在夜里播种

在我狂野的欲望里将奔涌出数以万计的精子

在哈北之夜的每个角落里着床，孕育

在某个早晨分娩

字里行间都写着爱和永恒

黑夜是大地种下的

白昼是大地种下的

我也是大地种下的

黑夜的黑和白昼的白是两个不同季节的作物

而我，不属于任何季节

我只属于哈北。坝上，坝下

一株草，三株草，九株草，遍野的草

繁忙的草，休闲的草

睡得正酣的草，晨起扯出阳光的草

被雨淋湿了的草，冻僵了的草

刚死去的草，刚出生的草，正值壮年的草

和我一模一样的草

梦着树的草

风往北吹，不由自主地向北

炊烟向北，枝叶向北，我的发和思想向北

坐落在坝上的大剧院向北

它以哈北的高度将哈北揽入怀中

音符从未停止

向北，穿透哈北的灵魂

而我，正在离太阳最近的那个时间

与哈北对话

哈北一株草的未来

大兴安岭

我的头顶是大朵的云

光晕从云朵的缝隙里抚慰陌生的灵魂

绿皮火车在我身后

只有怀旧的人才能嗅到温存

我是大兴安岭的迟到者

奢侈的呼吸，奢侈的视野，奢侈的静谧与情怀

愚蠢的人们会拆掉返程的铁轨吗

丛林里没有钟声，没有嘈杂

我听见一股清流沁脾，一叶舞动舒展

晚来的对话者，泪目

我能睡在你的怀里吗

你能给我讲述关于你的故事吗

如果我决定徒步穿越你

你是否会拒绝我

一页一页地展开你，在我瘦弱的身躯前

展开只属于你的风骨

我知道你久等了

而我，来得恰到好处，不早也不晚

像这里的丁香花即将绽放

自然而又随性

灯红酒绿，哈北为我留白

哈北，也有灯红酒绿

也曾刀剑如梦

乌云在坝上，狂妄在坝下，我在角落里

听风起，听跳动的心音

酒是带有颜色的

火一样燃烧，灵魂在夜里出走

诱惑，像大戏

落幕又重新被拉开，男人未曾倒下

故事都是虚构的，正如

我走进来，又走出去

在哈北，我的孤独就是我的孤独

如果我不愿，狂妄地失去

脚步的声音被掩埋

我似乎从未离开

等温暖抚慰，等寒冷渐行渐远

松花江水荡漾出音符

有民谣、有说唱、有美声，也有通俗

哈北的歌声，四时不同

此时，哈北正值璀璨的夜色

而我，在等坝上的晚风

为我留白

抵近哈北的街区

杂草丛生的荒野

生命竟如此地朴实、自由和旺盛

不修边幅，也不慕奢华

蜻蜓落在大地的某个轻轻摆动的指尖

惬意的样子显露无遗

夕阳在我抵达哈北街区之前缓慢地坠落

在最后一刻为大地铺满霞红

远处，一条船

栖息在呼兰河口的一隅，默不作声

深夜的倒影

在我的路上漆黑一片

打破宁静的蛙声

我有时喜欢，有时又厌倦，但从未停息

望向哈北街区的硬度

便会有浮躁的风吹乱我的发丝

击碎夜的霓虹

也击碎了那些骚动着的灵魂

索性，停下车

放慢夜，放慢自己

站在哈北街区外的坝上，呼吸

后备厢里

城市的面具濒临死亡

远处，一条船，默不作声

冬至

雪，还铺天盖地

树，还未生枝叶

哈北的村庄似乎还沉睡在梦里

但见

羊群正走向大地

撩开哈北的衣襟

哈北细嫩的肌肤和富有弹性的乳房

渐渐明朗。诱惑无处不在

所有的人都听见了哈北急促的喘息和心跳的声音

雪是哈北的婚纱

哈北，用整个冬天等待

等待情人的遇见

等待有力度，有质感，有激情的拥抱，抚摸，亲吻

等待一场爱，燃烧

等待有一群羊在宫体里着床

等待拔地而起的风，拂过心底，拂过发丝

等待入骨的炙热

等待遍野的鞭响喊出绿意的渲染

等待厮守终生

雪和树，还有村庄已经动身

因为，羊群正走在路上，哈北已迫不及待

都源于遇见

我更倾向于擦肩而过

可以互不打扰，可以互相欣赏，没有企图

不关于肉体、不关于金钱

不关于权力和地位

不关于虚伪、冷漠、贪婪、狡黠、嫉恨、残忍……

不关于亵渎

在角落里，无须被瞩目

我只是在某个有生命存在的星球上的流浪者

在阅读流动着的光影、声韵和味觉

遇见的都是美好，如果你可以

遮掩是思想层面的决定

裸着来，裸着走，才最真实

那些附属物，都是过客，没有属性

其实，我根本无法脱掉衣服

源于某些灵魂的丑陋

我在偷窥世界，而世界按兵不动

撩开哈北的衣襟

哈北细嫩的肌肤和富有弹性的乳房

渐渐明朗

妳能為我帶回一捧騰格里的沙嗎

還有一段不朽的胡楊

我想記住生活

時庚子孟秋於海河故道

翠齊 高 向增

嘟嘟，今晚我已抵达哈北

嘟嘟，今晚我已抵达哈北
此时正坐在哈北的站台梳理着掠过心底的晚风
这里的夜着实掩盖不了火车的轰鸣
就像无法滤掉路灯下长椅上铺陈的故事

夏至刚过，圣·索菲亚教堂的钟声就带走了你的花色裙摆
留下的只有我和哈北对视着彼此的虚无
我想，我要在今晚一个人守候哈北从不言说的寂寞
整个夜晚，我都会像哈北一样沉默不语
直至第二天凌晨有下一趟列车驶过

嘟嘟，你敲击哈北的眼泪留在了哈北
印记清晰，纯粹，而又久远
哈北这个巨型的邮筒
把那些存有不同目的的人们邮过来，寄出去
而你的眼泪是我仅存的唯一信物

嘟嘟，今晚我要陪着风声，陪着夜色
坐在哈北的站台，成为哈北的雕像

等树叶熟了秋天，等落雪后哈北的纯洁

等列车的鸣笛唤醒哈北

等有花色裙摆款款走入我凝固了整晚的视野

等你将裙摆上的色彩覆盖整个哈北

嘟嘟，今晚我已抵达哈北

今晚除了想你，我真的不知道什么是忧伤

嘟嘟，今晚我坐上了绿皮火车

嘟嘟，今晚我坐上了绿皮火车
车厢里的人们都不肯睡去
在他们的喧闹声里，我挤出一丁点儿的宁静
抵御这个夜晚的孤独，还有寂寞

嘟嘟，呼伦贝尔草原越来越远
我没有带走那匹在我胯下奔跑着的马
我想它离不开草原，像我
离不开哈北，更离不开你，一样

嘟嘟，车窗外空无一物
没有月，没有星，没有村庄，没有狗吠
只有另一节镜像里的车厢

放映着彩色的、无声的生活大片
而我只是守在车窗旁的看客

嘟嘟，我是有怪异思想的人吗
为什么，我的脑海里总会出现怪异的人
他们吞噬我，从肉体到灵魂
我孤独地和他们对抗，至今未曾倒下
我从来不惧怕死亡
但我惧怕虚伪，惧怕暗地，惧怕铜臭，惧怕苟且
惧怕一切贬义的词汇

嘟嘟，我曾面对死亡
我镇定的样子，他们不会理解或许不屑一顾
装睡的人永远也叫不醒
可我不会，因为我不想侮辱自己

嘟嘟，不要怪我不做改变
草原上的马都是站着的，睡觉时也是站着的
我最欣赏它们奔跑时的样子
舒展、洒脱、英俊，还有放荡不羁

嘟嘟，今晚我不痛

因为，我坐在了我想坐的绿皮火车上

那些不同又相同的姿态

那些不用修辞，又写满真诚与友善的语言

都让我无比的快乐和欣慰

嘟嘟，今晚我坐上了绿皮火车

没有卧铺，我不知道是否能在硬座上睡着

在我醒着的时候

我会怀念草原上的马及其他

嘟嘟，今夜我在额尔古纳河畔

嘟嘟，今夜你在哈北

雨季是否如期而至，不顾你的孤独

嘟嘟，今夜我在额尔古纳河畔

他们说，这里适合沉淀

他们都在白天掠过

额尔古纳的云

很低，我只要伸手就能够摘下一朵

你不在，我能送给谁

额尔古纳的河

很幽静，我只要低下头就能够看清自己

你不在，我如何表达爱

额尔古纳的酒

很烈，我只要抿一口就能够深醉

你不在，我与谁畅饮

额尔古纳的草

很丰美，我只要咀嚼一叶就能够融入羊群

你不在，就注定了我的孤独

嘟嘟，今夜我枕着额尔古纳河水
夜空中会有一颗星划过吗
草地上会有一匹马带着我的梦到你的梦里吗
嘟嘟，今夜你会化作雨扑到我的怀里吗
吻我的额头、我的嘴唇、我的胸口……

嘟嘟，今夜我在流放自己
蓬乱的长发在额尔古纳河畔的风里飘动
我未曾想过躺倒在这片草地上
因为，我想像草原上的马一样站着
像草原上的马一样自由奔跑
像草原上的马一样嘶鸣

嘟嘟，今夜我在额尔古纳河畔
这里除了我都很安静
你不在我身边，谁都不能为我找回灵魂
我从未看见一匹马的眼泪
而我，不想在今夜，在额尔古纳河畔
失声痛哭

嘟嘟，今夜你在你的哈北
今夜我不知道在谁的额尔古纳河畔

嘟嘟，我在赶往伊春的路上

嘟嘟，哈北的坝上早已萧瑟

树叶黄了，树叶落了，秋风过了，不知去向

而我正在赶往伊春的路上

不想将忧伤的符号标记在叶子上带走

嘟嘟，小兴安岭的五花山已褪色

放眼望去，我在墨染的丛林里穿行

嘟嘟，我没有带上画板，带上画笔，带上画布和颜料

你不来，我不作画

嘟嘟，路边还能看见一点草绿

树上还能看见一点叶红

松针不凋落，也从不见失色

像你的一如既往，像我一贯的脾气

那些落叶的树

懂得在某个季节放下，在某个季节重生

我可以站在哪里，做哪一棵

嘟嘟，我此时正赶往伊春

赶往小兴安岭腹地里的那座小城市

我将会站在汤旺河畔

想象你的五彩斑斓和水墨丹青

嘟嘟······

嘟嘟，我正在草原弹拨夜色

嘟嘟，草原的歌声那么悠远
你是否听见了这夜蒙古包外马头琴的声音
多么想唱一首草原的情歌
给遥远的你，给我的思念涂上色彩

草原的夜色是我写给你的情书
我把它挂在草原的风上
在无数个梦里，你是否一页一页慢慢地打开
你收到了吗
那么深沉又豪爽，那么静谧又炙热的草原之吻

嘟嘟，我已闻到马奶酒香
像你呼吸的味道，像你深情地回眸
像你由我的肌肤钻入我的骨骼
我未醉，谁能相信

嘟嘟啊，我正在草原的夜色里
在夜色里弹拨草原的夜色
你不在，我与谁对饮，在额尔古纳河畔
在你丰润性感的唇

嘟嘟

01
向北的花，开不败
我的驿站就建在哈北炊烟升腾的坝上
你来，风铃便会奏响，最暖

02
我会摘下哈北铁轨下的那朵野花吗
像你一样自由和奔放，自由和奔放像你一样
因为你是你，所以你是你
因为你是你，所以我是你

03

坝上。雨后。我。还有一个我

你不在我的哈北的坝上，不在我的哈北的雨后

你在我的哈北的坝上和雨后

我的妄想症，不能自愈

04

风，拂过，在我的哈北的坝上

那些被风干的往事，极具硬度

05

钟声，或浑厚绵远，或清脆悠扬

在时间和空间的两个维度里

我们抚琴对饮，品茗对弈，邀月对影

我绝不会肤浅地爱你

绝不会，我以灵魂的名义落笔

06

那么漫长，坝下的松花江水缓缓东流

唯有我能从中辨别荡漾的字里行间

这会淹没我，穿越几个世纪对你的想念

07

没有人能完全解读我

孤独是可怕的，尤其是暗藏在黑夜里的孤独

和自己对峙，置于死地的也只能是自己

在旁若无人的地方落跑，空气清新

08

没有消失，死亡是另一种活着

我们都是带有目的性的，遇见爱与被爱

我知道，当我翻阅每一页的自己时

你在与不在，都在

09

在坝上，我的躯体和灵魂都交给了哈北

风，拂过，在我的哈北的坝上

在落塵裡
用靈魂
種下一樹花開

庚子秋月心蕭

对话者

别暗示我，坝上风劲
此刻，我才不在乎是独处还是群居
你不会晓得我在坝上的心境
树笔直地站着
经年的故事藏于年轮里

我能读懂路过的云
我能辨识叶子绿叶子黄叶子凋落的声音
我能跪拜江水，跪拜鱼游
我能嗅到炊烟袅袅
我能在坝上失声痛哭，在坝下狂笑

别嘲笑我，不谙世故
我从未想过自己，我知道你不能
我从未亵渎过自己，也从未失去过自己
我知道你不能
你疲惫吗，不然怎么笑得那么突兀
我说我不会揭开你不愈的痂
你信了吗？

哈北坝上，总是四季分明

雨来了就来了，雪落了就落了，我站着

执拗本不是我想要的

对饮

这一壶江水
我醉在坝上

树的枝叶剪裁夜的天空
那泛白的月色抚摸我的肌肤和骨骼
没有声音，却有声音
孤独者沉默着来，沉默着走

这只是表象。那我的奔跑呢，我的呐喊呢？

无论如何，我都无法离开
灵魂的根须在你的流域里黑土地的深层
我是被你埋下的种子
就此被你植入了你的哈北的情怀
我承认，你已俘虏了我

渔者，垂钓西下的阳暖
炊烟在女人们的胸怀里袅袅地升腾
我曾顽皮过
我还想再度顽皮，不知可否，我可以做到吗
这里的笑，纯度 100%

淡定，宽容，憨厚，热情，纯朴
你从来都不会责怪我
因为，河流是河流，土壤是土壤，孩子是孩子

在你的腹地，我才会安稳
与你对饮时，我只有一个答案，关于我们的

父亲

是不是有人在和你唠家常
是不是偶尔还会关于微积分、阿基米德和五·七农业大学
是不是煤油灯下你的影子未见老
是不是，我的顽皮惹怒了你

这个父亲节，你收到祝福了吗
只关于一个父亲的
几碟小菜，半壶老酒，还有一个微笑

你的银发正在我的头上生长
你的冷幽默，我还在品读
你把血液、脊髓、骨骼、肌肤、汗毛都传给了我
周而复始，我在缝隙里察觉忧伤

这个父亲节，你不在
这个父亲节，你还在
请不要埋怨我，不要眼巴巴地盼着我
你的窗下那么遥远
在哈北的坝上，我如何能触摸到一个父亲

那么多人都端起了酒杯
而我，不知以怎样的方式与你对饮

这个父亲节，我很孤独
而我，又忽然想起，我也是一个父亲

赶往呼兰河口大桥，期待一场雨的遇见

我知道，你不会读懂

倔强的单纯的孤独者的某个行为

就像现在你找不到

为什么我要赶往跨越呼兰河口大桥的答案

城市很远，河水清澈

我的呼吸就是这座桥的呼吸

我曾期待在这里会有一场雨的遇见

遇见涟漪，遇见过去

遇见黑色的云朵及天空的昏暗

甚至遇见雷声，遇见冰雹

遇见我站在桥上

被大雨淋透的样子

那些干瘪的小木船和干瘪的手

那些被岁月风干了挂在岸边檐下的故事

在这里，会被一页一页翻开

我知道你就在呼兰河口不远处的村庄

燃一盏灯，等着我

其实，你是懂我的

不然，你不会把苦闷和孤寂留在那个地方

其实，我想遇见一场雨

因为，我听见了呼兰河口的风声

疙瘩汤

我端起那碗疙瘩汤的时候
你在我的身边吗
是不是，在暗地里闻了闻它的味道
然后，给我讲那些年的故事

你编柳条筐的样子很笨
你拿起锄头的样子很笨
你背着那捆柴火往回走的样子很笨

你垒院墙的样子很笨
你在黑板上写字的样子很笨
什么正负极，什么惯性，什么阿基米德
我都不知道，也不想知道

此生，你打过我一次
可你，从未打过别人
此生，你喝醉过一次
而我，因此滴酒不沾

卫生间的镜子，有些锈蚀
而我，怎么就看见了你满脸的络腮胡须
那个孟小猫①最近总是黏着我
难道，他比我更孤独

疙瘩汤和土豆渣②是你唯一会做的美食
今晚，我正喝着疙瘩汤
而你没吃
我决定，近几天就不再吃土豆渣了

注：①孟小猫，我家的小狸猫
　　②土豆渣，用土豆做的一道菜

孤独和思考

我喜欢沉默着来，沉默着走

我知道这不是造就我孤独和寂寞的理由

云朵扯出我的思绪

向天空，向大地，向远，向我看不见的地方

我从未想过雕琢自己

因为，我更喜欢自己原本的样子

哈北的丁香花开了又败

每年都不同

每年我都在找寻给予我的惊喜

我在众多人中间

穿梭，擦肩，对视，呼吸，生长

我在孤独中陷入了沉思

一个人可以走多远

既不是时间，也不是距离，是厚度和辽阔

孤独者有孤独的理由

不喧嚣，不盲从

验证，可以交给死后呼吸旺盛的灵魂

骨骼

哈北坝上的树，骨骼是直立的
这像极了哈北男人的性情
那自然修剪成型的归属于季节的叶子
落满了阳光的暖，树影风声四起

树，是孤独者的代名词吗
厚重与单薄在年轮里，枝叶只是一种形态
向下生长的力度是最具魅力的
藏于深处的根系用自己的方式解读风雨
解读寒凉，解读某一场雪落
某一次的痛哭失声

站直的样子很美，很舒坦

我一直深信，灵魂是有高度的
这让我想起辽阔的定义，宽广与博大
犹辽远，犹久远
犹哈北坝上际遇岁月的树

哈北的冰层即将开裂
我想，我一定会在某个不经意间
听见自己骨骼生长的声音

关于灵魂的诗

阳光充足，坝上的影子很清晰
树木的、房屋的、云朵的……还有我的
河水中历史在慢慢沉积
而明天正在上游，我们将不期而遇

写诗的男人目光深邃向远
翻开坝上的土壤，种植草以及绿色的事物
野花开出想象中的各种色彩和姿态
比如炊烟，比如狗叫声，比如某一缕风
比如某一缕风中的我的长发

夜晚锁不住呼吸
哈北的镜像里没有消逝，没有沉睡
骨骼作响，向泥土的深处
向天空的广袤无垠

哈尔滨大剧院坐落于此
我知道，只要哈尔滨大剧院的歌声响起
关于灵魂的诗
就会像松花江水一样，碧波荡漾

关于奇怪的诗

第一幕

我不会忘记哈北坝上的晚风

在晚风中，你承诺，我承诺

你的承诺是你的，我也一样

第二幕

武功至深者是没有武功的人

而你，总是用太极闯荡江湖

我在自我独行的糊涂中明白

第三幕

我已经失去了对语言的信任

你说的只是把文字变成声音

而那声音的分贝会出卖灵魂

第四幕

我是站在哈北坝上的那棵树

叶子掉落也罢，或树影婆娑

年轮总是在生长，不论寒凉

第五幕

你躲在为自己装扮的世界里

我一直在瞩目某一扇窗打开

可是，我从未看见推心置腹

第六幕

在哈北的坝上，我思绪丰满

在哈北的坝上，你思绪丰满

我知道，心音不同源于不同

第七幕

我宁可纯粹地死无葬身之地

也不会用狡黠虚伪裹尸复活

生与死，在我看来含义不同

第八幕

我可以斩断枝叶，用于围栏

当哈北的丁香花在坝上盛放

触景生情时，我不做背景帝

第九幕

如何将自己沉入海底，静默

触摸自由的鱼，水草及泥沙

触摸内心最深处的那份美好

第十幕

听风，听水，听四季的轮回

那些尘埃是真实的，我清楚

戴上墨镜的人，光不会刺眼

麦子種下我就醉了麦子

種下我就砍頭

武東書

[印章]

哈北，七十七级台阶

到哈北的五楼，只需七十七级台阶

这并不遥远

可我，却穿越了几个十年

书柜里的书，每一页都藏匿着我的故事

我深信，时间可以被穿越

就像我爱上了灵魂有香气的女子

也像我总是站在哈北的坝上

望着坝下缓缓流动的时光，由上游赶往下游

四季不同，姿态不同

我早已习惯了哈北的风

纯朴而又时尚

那些拔地而起的情怀

正在哈北的舞台上

有韵律地敲击我的怦然心动

那些五楼以外的事物

透过五楼的窗子窥视我，包括骨骼和血液

哈北，没有尽头

始于某个雨后的春天

而后径自远方

坝下的松花江破冰而行

所以，哈北五楼的窗外便都会醒来

丁香花就要绽放

我深信，味道和以往不同

因为，我毫无顾忌地打开了五楼的窗

阳光向暖

南风拂过哈北一切可能

哈北，一丝不挂

哈北裸着，肌肤无限地接近大地
那些固执、倔强、感性、洒脱之类的词语
都加持在哈北的肉身与灵魂里
哈北沾满泥土气息地裸着，毫无顾忌

哈北的坝极其有硬度
即使满目疮痍，也不会掉落一滴眼泪
坝下的松花江水
舒缓时涟漪悠荡，湍急时气势磅礴
这都是哈北最为自然的状态

北纬 45.8 度造就了哈北特有的性格
哈北冷得直接，热得爽快
哈北的门从不虚掩，哈北的酒在壶里热着
哈北的歌声正在穿越稻香，鱼肥

哈北，始终是裸着的，她一丝不挂
而在哈北的我，倒像是个不谙世事的婴儿
在哈北的坝上做着本来的自己

哈北，只是一个地方

没有人告诉我

哈北为什么被叫作哈北，就像我

孤独得不知所踪

哈北有好多个哈北

就像我，有好多个我，不为人知

我总以为在哈北的坝上生长

就会征服坝下的水域

可是我，从未成就一条鱼逆流而上的梦

我会在坝上石化吗

以我自己的姿态，刻上哈北的风

在爱我吗，在摸着我的头

你的躯体里是否正植入我的万马奔腾

某些故事正由过去向远

而哈北，只是一个地方

哈北坝上的风声

嘟嘟，我是孤独的

站在哈北坝上的我是孤独的

哈北的夜，过了十点以后似乎就可掩埋一切

但唯独掩埋不了我的孤独

江南中央大街步行街上的随性

和夜场里的露骨

诱惑了那些不想睡去的灵魂

圣 · 索菲亚教堂灯火通明

搂着一些外来的游客，毫无倦意地自拍

哈尔滨莫斯科大剧院里

俄罗斯风情歌舞秀正在上演

那些具有俄罗斯民族血统的年轻的女人

挑战着中国男人的荷尔蒙

不是所有的骚动都会骚动

克制灵魂的灵魂在散去后更加失落

所有从江南赶往江北的风声

都充满着酒气，还有隐约可见的女人的妖娆

江北，万达茂睡得正酣

大剧院睡得正酣，北站睡得正酣

市政府广场上遇不见任何一个月下的身影

只有金河湾湿地还有几声蛙鸣

站在了哈北的坝上

推开夜的窗帘

灵魂里孤独的风声就会从江南赶来

漫过我的每一寸肌肤

嘟嘟，我正孤独着

在哈北坝上的风声里

嘟嘟，我正孤独着

在哈北坝上的风声里

哈北与我的一切吻合

我的一切都是哈北的

肌肤、骨骼、脊髓、脂肪、发丝、疮痍……

乃至灵魂，昼夜，耳濡目染

我的脚下汲取的是哈北土壤的广袤

哈北的空气有独特的味道

我的倔强着的膝盖

跪不得。那坝上的树和我别无两样

哪怕在冬天掉落了所有叶子

雪，河水凝固，人影稀，北风正袭来

这些个镜像，都在年轮里淡然

我更喜欢哈北的午后

阳光向暖，坝下流水的节奏慢下来

在坝下刻印哈北经年的沉淀

波光粼粼，树影婆娑，偶尔鸟鸣

我站在坝上，远处不远

在我的视觉里

哈北是没有边际的，向北蔓延

哈北每天都不同，我喜欢她变化的样子

哈北时刻都在关注我

出生在哈北的男人，像极了哈北

哈北的草木四季都暖着

炊烟升腾的傍晚是最有温度的画面

我可以有无限遐想

夕阳温存，大地安静，云淡风轻

我正和一位年逾花甲的"老人"

谈情，说爱……

合约

交给哈北，我毫无顾忌
灵魂在坝上，那是我与哈北的一纸合约

哈尔滨大剧院的故事刚刚开始
而哈尔滨铁路桥已成为历史的纪念馆
哈北的留白滔滔不绝
深远，漫无边际

把一幅画放在哈北
放在哈北汉子倔强的眼界里
坝下江水荡漾，坝上炊烟袅袅
哈北以北四季广袤

哈北的坝上有风劲，有阳暖
也有大雨瓢泼，有雪月，也有云卷云舒
我们，因此笑过也痛过

哈北行走的力量
源于稻浪，源于鱼游，源于某一条路

我知道：
我来自坝上，也注定要葬于坝下

河

我的嘴唇，干裂的紫黑的嘴唇

渗出的血也是干裂的

像一个孤独者遗失的一片荒芜的灵魂

从未遇见河

甚至在我的想象里也未有流淌的生息

那条干瘪的鱼

来自哪里，又将要去往哪里

眼神和呼吸都在暗示

饥渴

我无法留下足印

这里的坚硬对抗着我的坚硬

我黝黑的肌肤

正趋于龟裂，地平线上

阳光把我的影子渐次缩短，渐次拉长

而我，暗藏于大地

天总是很远

河不在此经过

我还未窒息

简单

在鹤城万达嘉华的楼下
夜深。浅秋的风抚慰着我
或许没有人能够知道我与灵魂对话的惬意

某个楼层的某个房间，空着
我在与不在，它似乎不会有丝毫的孤独
有些人错误地理解着某种定义
比如，虚无和真实

没有啤酒花，没有辣货
但这并不能影响一个想醉的人醉去
哪怕与夜班出租车司机的擦肩
或是望向某颗星……
我醉着的样子像极了醉着的样子

时间可以掌控一切
而我，始终以为根本就没有复杂的事物
只不过，有些人自己不想简单

安德玛双肩包里
记得还有一块巧克力、半瓶水和三片湿巾
有时候，你的温暖会莫名而来

如果，你清楚了时间和空间的概念

你就会爱上某个夜晚

某些人早已睡熟

某些人还在路上

还有某些人和我一样，站上某座城市的夜

对话，简单

疆场

和黑夜厮杀
挥刀，劈出一条窄窄的缝隙
我的战马三进三出
铠甲，八成新

在某个十字路口
我发现站着的背影和手执的刀魂
发现有几个我曾躺倒过，但从未奄奄一息
最终还是在那里会合

树怎么呼吸
水怎么流动
鹰怎么飞翔
都通通淹没在黑夜的狰狞里
只有声音厚重至远

厮杀的快感
在与黑夜的对峙中沸腾，青筋暴露
不惧，来者何人

放下吊桥
我的战马在晨雾中铩羽而归
黑夜的头颅在城墙上
被高高挂起

厮杀的**快感**

今夜，与你对视

嘟嘟，我好久都没有像现在这样

能够静下心来，在哈北的夏夜与你对视

隔着一张透明的时光餐桌

点上一轮满月，就这样面对面守候

请允许我在今夜

彻彻底底地想你一回

嘟嘟，你的花裙摆

在风中飘舞着的样子真美

以至于

藏在你裙摆中的风

不知道在多少个我孤独的夜里

一次又一次为我扯出油画布上的色彩

那些在我内心深处虚掩的门扉

总会有你不由自主地在我的梦里轻柔地推开

然后，我们就迫不及待地

拥抱，接吻，做爱

然后，我就等月光漫过你的肌肤时

贴在你的耳畔轻轻地说，爱你

嘟嘟，那次你哭泣时的样子

还是早些年的那个夏夜

当时，我想了不止一万遍的如果和绝不

这辈子，你源于我的哭泣

只一次就足矣

我孱弱的心脏承受不了你一滴又一滴眼泪的刺穿

抱紧你的那一刻

是你给予我的最大安慰

嘟嘟，似乎已有多年

你未向我表达过爱意

我知道，你早把这都植入了骨骼

为我刻上一块墓志铭

我也如你，从未有丝毫的改变

你什么时候来什么时候走

我都全然不知

都说时光可以摧毁一切

可是为什么，我对你的思念愈发至深

我不是只在今夜才想起你

只是此时的我

想你的欲望是那样那样的强烈

我身体里的每一个细胞

都在为我燃烧思念

我恨不得要叫上一位有多年从业经验的屠夫

和拥有与当年刘翔一样速度的快递员

将我的心完整地取出，寄给你

在这个盛夏的雨季，放在你的手上

为你跳动，直至停止

嘟嘟，我已坐在餐桌的一侧

我想，你正在赶来的路上，风正扯着你的花裙摆

總會有萕片漂泊的

萕子鑲入泥土

那飛翔任

老家的

根信

題贈孟兄

詩歌集出

版黃荟家軒

少卿記之

精疲力竭

在哈北十楼的露台上
望远，江水里藏匿坝上所有的故事
对岸的重金属，声音刺耳
哪怕是在暗夜里，也会刺痛灵魂

我在时间的发条上奔跑
在缝隙里，在拉扯中，在虚幻的空间突围
挣扎，定格成某种意识形态
躯壳向另一个方向，背叛
那个在墙面上涂鸦的人正企图混淆视觉
好多交织的颜料
从我的头颅里鱼贯而入

耳鸣……

没有深夜，没有月色，没有鼾声
消逝是最为自然的过程
而我，却固执地思念
夕阳下的几缕炊烟，庭院里的几声犬吠
稻浪拂过金色，纯朴延展爽朗

我知道我还未说服自己
我知道我已经精疲力竭

净

净

钟声空灵，钟声悠扬，钟声深远
仿佛有一尊佛在指点今生与来世

发现火种，发现水源，发现生灵
闭目的瞬间都是燃烧又都是清流
都是生长的流动都是万物的净空

云在眉间，山在脚下，远无涯际
掸去尘世的灰，淡笑间拂袖而过
着衣持钵，何必枷锁，何苦囚笼
睡与醒只在一念之间，不问对错

据说转经轮里有一万个观音心咒
我可否念一万遍功德，念一万遍
仰慕来时的路，也仰慕向远的轻

请将我的灵魂放在酥油灯里点亮
尘嚣渐远，可否成就那一级石阶

镜像·那些年

哈北的坝上从来都不缺少声音
从过去到现在，江水川流不息

雨可以穿透哈北坝下的土坯房
可以穿透房前大地的表层和檐下石头的硬度
但，却不曾穿透坝下女人种植的庄稼
不曾穿透女人孩子的肌肤以及女人内心的刚毅
眸光向远，在哈北分明的四季里

稻子和鱼，若隐若现
某种奢望总会牵扯出某种痛，不动声色
哈北彩绘着所有的可能
静谧、喧闹、燥热、寒冷、孤独，甚至是无奈
而哈北的早晨，阳光和炊烟继续

灶台里的火生命力旺盛
顽皮的孩子总是幻想着熄灭柴草，拆掉风箱
取出时光打磨后锃亮的拉杆
然后做武林高手
可是，这至今未能如愿

哈北安静的夜里并不安静

孩子的梦里到底藏着童年多少的无忧无虑

谁的眼泪正汇入坝下的江水中

风起时，涟漪荡漾

哭着笑，淡看天明

孕育是极为庄重的过程

庄稼一年生长一季

而哈北女人的男人和孩子们，一辈子生长一季

燃烧黑色有两种方式

抑或火种，抑或眸光

燃烧黑色有两种可能

抑或温暖，抑或温暖

哈北的坝上能容纳一切的声音，这包括呐喊

贫瘠的土坯房，雨后劫生

思想者不会沉睡，哈北也不会沉睡

生命在哈北的坝下延续

鱼群覆盖鱼群，稻香覆盖稻香，江水覆盖江水

镜像·字里行间

◎ 风生

总会有风掠过，在哈北

刻画出一条又一条由季节通往季节的路

诗，是一种最为原始的作物

灵魂不同，相貌不同……

◎ 在土壤的黑里

那土壤的黑是彩色的黑

而有些彩色的建筑却是徒有虚名的白

我隐约听到了心音的波动

在土壤的黑里

我宁愿抹黑自己，彩色别人

◎ 得与失去

有些人引以为荣

用金色研磨皮肤的金色

而在某个寂静的与灵魂交织的夜里

为某种失去的得叩问自己

在窗外，树的坝上正夷为平地

◎ 现象级

那些伪殿堂不值得步入

弄脏了的灵魂是无法全身而退的

真正的诗者从不惧怕孤独

也从未真正孤独

在坝上，可以塑造所有的可能

越是简单，会越有质感

◎ 自缢

曾想在诗歌里自缢

为那些到访的无核的苍白的虚伪的诗

纯度，是一种最高的境界

买卖者在焚烧每一个章节

◎ 佛说的孽缘

爱而不得是前世种下的恶果

有些人只徒留眷恋，有些人会黯然神伤

有些人却厮守终生

从不惧怕那字里行间的痛

◎ 醒

不要得意忘形地醉去

孤独的醒，是对自己最好的慰藉

久里①

靠近你，我就会闻到酒香

许多的故事被装在每一杯自酿的酒里

泛着红润滴落在各不相同的指尖

总有一两个滑落到我的胸口

呼吸的度数清晰地标在圆润的杯口

醉，是幸福的某种诠释

哈北坝下初秋的傍晚

用一杯又一杯的酒慢慢点亮生活

久里的窗外正在播放电影大片

偶有主角推门而入，用各色酒杯奏上小夜曲

每个人都是每个人的主角

那些配角在另外一些幕布里，各自精彩

时光放缓，节奏放慢，思绪放松

有时候，我们可以调皮一点儿

把夕阳挪入久里

瞬间，啤酒花、腰身和嘴唇便会色彩斑斓

| 注：①久里，一家自酿啤酒的小酒馆 |

距离

我知道某一条铁轨会到达你
可惜的是，我没有找到铁匠师傅和铁
哈北的云朵都在天空中
它们带不走我，正在孤寂的灵魂

藏在心中的那块石头
已经长满了青苔，湿滑的，无法捧起来
那条小径上，长发疯长
裹紧我心脏的跳动，还有呼吸

距离是时间打磨的参数
有时候距离是一瞬间，有时候距离是一辈子

在那个穷困潦倒的爱情里
奢侈品只会摆放在某个不属于我的玻璃橱窗里
那个卖火柴的小女孩正在那个街角
为我一次又一次燃起微弱的光

哈北，只有两个方向
要么径直向南，要么向哈北以北
而关于哈北与爱的距离
则不只是打磨一两根铁轨的事

靠近

靠近你，再靠近你一点儿吧
让我看清你的轮廓、你的骨感、你的娇美
看清你的秀发飘
看清你忧郁着的爱我的有着长长睫毛的眼眸
看清你的呼吸和你的心跳

我已不能自己
越靠近就越遥远，越靠近就越孤独
你懂吗
那夜的黑，那深不可测，那空
那漂浮，那坠落，那无法救赎的方向感
谁在射杀一头麋鹿

我的靠近是富有质感的
你从未消逝，在我每个七秒的记忆里

靠近傍晚的阳光

靠近傍晚的阳光像奶茶一样倾泻而出

一个人，一辆车，一条沿着呼兰河畔蜿蜒向远的路

这像是逃离，也像是在掩饰某种忧伤

坝下，某一群野鸭在某一片水域里

那么自在、安静、悠闲

我羡慕它们游泳的姿态、觅食的神情和嬉戏的快乐

打鱼的老者在另一片水域里

我不知道他们来到这里和将要离开这里的时间

不知道有多少鱼被他娴熟的撒网动作掠夺

身后，城市的建筑还在向外延展

某种意识形态正在吞噬另一种意识形态

暗藏在建筑物中的铁丝网

正在围拢越来越多的人步入虚伪和假设的地域

这几天，世界杯男篮激战正酣
我只想看到中国队的小伙子们比赛的过程
胜与败，只是一个结果，意义不大

坝下的呼兰河，早已在萧红的摹下流淌
我未来得及遇见，她未来得及等候
所以，我只能站在呼兰河口与她做隔世的对话
我未必能超过她的幸福指数

夕阳正在沉入河水中
当孤独的人再次向城市靠拢的时候
需要打开的是车的远光灯

老家旧事

◎ 松花江

在老家村旁

你憨厚而纯朴

哺乳时

从来都不羞涩

老家的生命和故事

就这样

不息和传承

◎ 土房

朴实的东北汉子

在土房里酿制了满屋酒香

醉意中

黑夜的故事丰满

在第二天

就会听见有一两个婴儿

啼哭

◎ **雨后的路**

走在泥泞的路上

最终，还是要回到那个家

雨后的空气

散发着泥土的清新

有时

太阳撩开云

有时

人们在找彩虹

◎ **煤油灯**

黑夜，不可怕

煤油灯微弱的光晕源于燃烧

衣服，鞋子

方格本里的汉字

是燃烧的产物

早晨的鸡鸣和太阳

也是燃烧的产物

◎ 年

最美的味道

没有任何可以超越，至今

冻梨和大柿子

酸菜或芹菜馅的饺子

肘子肉，鸡和鱼

翻新的旧衣服

还有，一百响的鞭炮

纸糊的灯笼

都藏在记忆的年里

还有，孩子们分辨不清的

妈妈的表情里

◎ 菜园

东北的夏天

涂一抹色彩在菜园里

其实

涂的是生命

涂的是希望

采摘

是一种思想的过程

也许，未来

◎ **种水稻的女人**

在水稻田里

你的身影像是剪纸画

晚风吹过来时

你抚摸着每一颗稻穗睡熟

同时睡熟的

还有

正吮着乳头的孩子

和男人的鼾声

◎ **渔夫**

踏上木船

就能听见松花江的鱼游声

船桨从未寂寞

渔夫早已忘掉忧伤

一网下去

就捕获了金色的夕阳

和晚餐的鱼香

一壶老酒

把这夜的话拉长

老孟

我不知道白天和黑夜的关系
那些个孤独到底源于哪儿
看不见你，再也看不见你，我至今未能相信
欺骗总会生出莫名的痛来

昨晚，淋浴喷头朝向镜子里你的身体
镜子对面的我与你对话
你慈祥而又安静，笑得憨厚且真实
皮肤的褶皱和老年斑是你最后定格的样子
也是我要到达的你的样子

世界上最残忍的事
就是你能随时随地关注我，而我
却无法触及你
即便是，我们在梦里相遇

哈北坝上的风拂过我的思念，转过身去
眼泪瞬间就会融入江水
是的，那是我偷偷写给你的信
开头的称呼：老孟
结束的落款：老孟

开头的称呼：**老孟** / 结束的落款：**老孟**

涝洲江畔的夜

我不敢哭出声来
当我站在你夜幕的岸边
我怕不小心
就会勾起你许多年前的忧伤
而今，我在你的夜里
望一江秋水，向东
我们该谈些什么，我的过去
还是你的未来

好久都没有像今夜这样
我不再是一个过客
因为，就在今夜我回到了家
我想睡在你为我铺好的岸上
这夜，我最安稳
哪怕与你促膝而谈，整夜
我都最安稳

江畔的夜很静啊

你没有因为我回归故土而激起阵阵涟漪

可我隐隐地感觉到你内心涌动

这夜，没有渔网的散开，没有采砂船的轰鸣

没有谈情说爱，没有灯火通明

这夜，只有我和你

相望一尾游鱼，一叶扁舟，一江碧波

我是你的孩子

我的骨子里流淌着你的血液

对不起，我离开得太久

对不起，我回来得太晚

对不起，我没能亲手拭去我们的乡愁

今夜，我站在你的坝上

你用温柔的晚风安慰我

我用一种沉默给你回答

如果，我在你的岸边睡熟

请不要叫醒我，哪怕天已大亮也不要叫醒我

我只想把最美的梦

留在你最温暖的怀里，不想风干

挂在我脸上那最幸福的泪

流经

呼啸的风敲击我流浪着的灵魂
车窗外的那些个镜像都写入我电影的剧本里
单程车票，始发是出生，到达是死亡

我暂且孤独，暂且寂寞，暂且默不作声
暂且用眼睛和耳朵对白，暂且只是思考
我知道，我们最终不会握住什么，金钱和地位
那些谩骂不见得是坏事
如果，在我进入坟墓前听见

哈北，只是一段我存在的距离
从早到晚，流经我的身躯
没有人知道我有多么的困苦不堪，没有人知道
贫瘠是用于修饰什么的，思想还是土地

不管我落魄成什么样子
我也要在风雨的街头，做好自己，风度翩翩

夕陽無限河山古今西東

聊攄一生意不言到

遠心華飛口

辛未陳玉蘭月大濤道人

路过哈北冬天的荷塘

市政府门前的荷塘

正处于封冻期

我路过时，冰层未有融化的迹象

坝下的风荷野趣

早已荡然无存，裸露的荷塘只与我对白

雪象征性地来过，但又不知去向

孤独的灵魂伫立在坝上

旁若无人，彩绘一叶荷的风骨

淤泥在水下，水冰冻三尺

荷在这个近乎萧条及苍白的季节被埋葬

残蚀，像脱口而出的某种声音

那样简单，那样自然

荷的根系在蔓延

在哈北的整个冬天里向大地深处蔓延

就像我岿然不动的灵魂

积蓄生命的力度

等暴雨来袭时，写下一页际遇

落尘里，种下一树花开

我的老茧，像树皮一样
在哈北坝上的风餐露宿里，厚实

岁月落下的尘
正在埋葬灵魂走失的树的根系
无法放缓世俗的脚步
无法扯下一缕风声，无法存储一页风景
无法皈依佛门，敲响清净

肉身和灵魂不曾合体
那些空洞的、无聊的、虚伪的都在凌乱
那些戴着面具的舞者在演绎
演绎掌声的方向感，演绎欢呼的盲从性
演绎某种死亡及某种新生
也演绎某种悲哀

我的眼泪不会轻易决堤
有些人在写诗，而我是在和灵魂对话
在落尘里，用灵魂
种下一树花开

绿皮火车

你回眸的样子

让我想起了那年的那列绿皮火车

你坐在窗里

窗外，那头麋鹿

在哈北无垠的雪野里，孤单

纠缠不休的镜像

像是一条路和另一条路

有时很远，有时很近，但都没有尽头

那些个彩色与黑白

在交织，在变换。你离开的时候

我就已归零，或许你也一样

后来已没有了后来

我们也早已经没有了我们。悲哀

连眼泪都不能流

连呼吸都小心翼翼

怕，模糊了那绿皮火车的窗

怕，擦干泪痕的瞬间，你已不在，我已失聪

我只想留存一个画面

铁轨是时间砌成的

每一次的抚摸都会想起一段故事

爱已不在，但爱还在

或许，你不会明白我站在哈北的表达

我只想说

北站的每一次汽笛声起

都是

绿皮火车搅动我心的时刻

麦子种下

麦子种下，麦浪重重
麦子种下，麦穗沉沉

哈北远郊的田野
用微风种下重重的麦浪
抚摸树下，夕阳
还有一部单车的影子
越来越漫长

微风总会在某个时段
扯出一缕炊烟
种下沉沉的麦穗
种下柔和的月，静谧的夜
自斟自饮，昨年

秋天，想起

曾经收获于指尖的秀发，余香还在

那田野里的麦芒

手臂在蔓延，蔓延到

我的肌肤、我的骨骼、我的神经

指尖划过

每个细节里

都藏匿了一道又一道血痕

麦子熟了。会种下

三三两两的田鼠和麻雀，来袭

涂黑的夜，会种下猫

种下猫的视觉、猫的嗅觉、猫的听觉、猫的敏捷

进而种下一场厮杀

我借着月光

看见麦子地里传出的风声

麦子种下，我就熟了

麦子种下，我就低头

慢下来，我想

建一座慢时光小屋

把它建在哈北初冬的坝上，围栏没有围栏

当季风开始转向

由哈北漫至江南的时候

我可以透过小屋的窗穿越整条河流

阳光，且慢

每一缕都铺在这个冬天来时的路上

从圣·索菲亚教堂的钟声里

从中央大街每个街角欧式风格的路牌中

从斯大林公园的长椅上

从太阳岛，从大剧院，从苏荷酒吧

穿过，缓慢地穿过它们的缝隙

夜总会在某个时段到来

不经意地就点燃了这座城市的灯火

有些故事，在此刻娓娓道来

酒吧里舞女的婀娜

西餐厅里烛光掩映下钢琴曲的优雅与浪漫

广场上在人们手上啄食的鸽子

书店里被那些读者打开的作者的情怀

甚至，一根马迭尔冰棍

一串冰糖葫芦

都被这夜色初临而熊熊燃起

而我，这个哈北的孩子

在哈北坝上建一座慢时光小屋的孩子

正在赶往初冬的风口

听说，一阵风会抖落一地故事

一条河会记载一段时光

我只是想，在哈北坝上的慢时光小屋里

收纳哈北及南的所有镜像

阳光，**且慢**

妹妹，今晚我在哈北

妹妹，今晚我在哈北

乌云正从五楼的窗子和风一起掠过

太阳已不在头顶

月亮也不在

坐在窗前，我望不到远方

我知道，你在甘肃

可我不知道

此时，你是否正日夜奔波在 317 国道上

今晚的风沙会吹裂你的手吗

会苍老了你的容颜吗

你是否能有一晚安稳而又带有甜味的梦呢

梦里有老家，有老家该有的一切

你是否路过了莫高窟

与敦煌进行了一次先秦的对话

你是否路过了月牙泉

遇见骑着骆驼在西北沙漠里穿行的三毛

你是否路过了拉卜楞寺

手持 1400 余年的转经轮诵念经文

你是否路过了天水民居

突然想念一缕北风

妹妹，今晚你还在路上

晚餐是装在外衣兜里，还是热在炉火上

是否能有一根里道斯和一瓶格瓦斯

是否想起了最为熟悉的味道

一盘酱香、一叶葱香、一碗米香

妹妹，你不知道

我有多寂寞、多孤独、多忧郁

好多个今夜在我的梦里

好多个梦里，我都站在哈北的坝上

我在等风适合的方向

安慰自己

妹妹，我未听见你的脚步声

如果你要回来

你能为我带回一捧腾格里的沙吗

还有一段不朽的胡杨

我想，记住生活

突然**想念**一缕北风

其實我是包攬了，
其實我吗？有其實我
什麼，都沒有，
除了靈魂全部
的原愿

慶東先生雅正
甲戌初秋昌達書

某种趋势

哈北只是一个坝，而已
风从未停过，静止是物理学名词
我用树的根系捆绑
跌入黑洞深处的思想，痛着

拯救，是虚无的光影
沦陷的样子，没有喊声，没有血脉偾张
我藏匿了所有
灵魂在黑夜里晾晒

靠近我的都在悲伤
远方，是坐落在某处的一个地名
而我的船桨已冻入冰层
花开在遥远的路上，到达没有期限
我阻止不了时光
在哈北坝上
我只是时光的附属品

深度的寂寞，可怕至极
我正在走向另一种迂腐

念及老家，及其他

01

你知道吗，我该有多么的不舍
当我独自一人在你的坝上驱车离开的时候
我该有多么的不舍，你知道吗

02

无数次地，你掀开我外衣下掩盖的疤痕
无数次地，你拉紧我的手不松开
无数次地，你用坝上的晚风刺痛我，刺痛我
我在你怀里哭泣的样子，是不是很丑

03

可我不得不离开
因为，我没有足够的勇气和足够的魄力
可我又不忍心离开
因为，你的土地黝黑，我的皮肤黝黑

04

你的坝上是我生命的坝上
我呼吸着你的呼吸，跳动着你的跳动
我深深地烙上你的标记
植于土壤，刻入石头，生成骨髓

05

没有你，我绝不会像现在这样

那么钟情于稻浪千重，钟情于碧波万顷

钟情于那条尘土飞扬的路

钟情于傍晚的炊烟袅袅和院门前的一声呼唤

我不会走失，现在乃至未来

06

我的车子正驶出你的坝上

可我多么想你能再给我三天的时间

第一天用酒杯谱写旧事

第二天采撷你的镜像装入囊中

第三天仅剩其他……

念及其他

◎ 你长大的样子

南山，是你长大的样子

从你把背影留给哈北的那一瞬间，我

就梦见了你多年以后的样子

◎ 哈北的夜

你有多久未遇见哈北的夜了

我知道你在南山总会不止一夜地遇见

坐落在哈北的大剧院和 501 室

◎ 馄饨

那碗馄饨一直在你熟悉的餐桌上

从未凉，味道也刚刚好

你是不是想让我给你加一点儿麻辣鲜

◎ 躺在你的床上

躺在你的床上

躺在你没有带去南山的床上

躺在哈北的你的床上

◎ 魔术师

魔术师的那扇透明的玻璃窗

你在一边，盛开着三角梅的硬度和色彩

而这边，冬天在眉睫挂上了霜

◎ 中央大街

哈北之南，可以步行而至

中央大街的面包石似乎已经陌生了许久

位于街角的路标正在指向南山

◎ 在哈北的坝上

我知道，这里会有一缕风

会吹乱我的发，会带给我一丝凉意

也会吹干我望远的寂寞与孤独

暖冬不暖

◎ 活着

总会有些无眠的夜

可以用来思考，用来抵御寒凉

骨骼作响，是生长的标志

我庆幸自己

依然和如初一样地呼吸

◎ 安放灵魂

泪在灵魂里奔涌

有些人看不见，有些人视而不见

躯壳囚禁于牢笼里

而灵魂安放在自由的风中

有些人懂得

而有些人浅薄

◎ 暖冬里

雪，只是顺路而过

没有扼杀，或者说生命是顽强的

哈北坝下的荷还未死掉

这个暖冬不暖

淤泥在冰层以下，表情和内心一样僵硬

荷魂将冲破一切，打开窗时

无须不合时宜的风

◎ 香远益清

气息是有形态和声音的，我断定

而你们呢，可以随波逐流

也可以在阳光抚慰的台阶上闭目养神

而我呢，即使将躯体葬入坟冢

也要让呼吸香远益清

◎ 善良的存在感

我只在自己的灵魂里哭

即使河水疯长也不会更不能决堤，我醒着

哈北坝下的石头是有硬度的

而在棱角分明的表象里

善良是有存在感的，至少我这样以为

◎ 舍

万物生有因果，身外旁无一物

来时空空如也，走时风轻云淡

我知道，什么都不是我的

我只想，听见身后传来的一两句回声

而**灵魂**安放在自由的风中

七秒之外

哈北坝上的风景已既成事实

我从未对此给予否定

就像我从未否定钟情于某种形式的雨一样

有些陌生的人，曾来过

而有些熟识的人正为我制造悲伤

无法逃避深夜的来袭

睡着和醒着不能同步

谁在撕扯我脆弱而又敏感的心音

将黑染黑，将窗外扯远

哈北坝上，夜至深时

就会有钓者云集在我翻开的某个镜像里

用每一尾鱼取悦

取悦我深深刻入每一块骨骼的字符

鱼脱钩的样子，最痛

没有什么可以用来解释

因为，我的记忆在鱼的七秒之外

期待，暴雨的来

期待站在暴雨中的情形

某种痛觉会在另一种痛觉中被淡忘

而某种精彩，注定独一无二

我深信岁月的穿透力

穿透单薄的衣衫

穿透有质感的、黝黑且粗糙的肌肤

穿透坚硬而又脆弱的骨骼

穿透脊髓，穿透眸光

穿透藏匿的昏暗，穿透迷惑，穿透浮躁

穿透未知的数字和符号

穿透绝望，穿透万物生

那些污浊会在大地上沉淀，消融

而天空的自由和清新，本该注定

没有来历不明的思想者

我知道，总会有湿透的衣服和湿透的眼睛

在某个时段被晾晒，或者风干

雨掸落灰尘，风挪动云朵

我需要，等暴雨敲打灵魂，等灵魂趋于纯净

前面就是呼兰河

再往前，就是呼兰河
这不禁让我想起萧红和她的《呼兰河传》

哈北坝上的硬度
超出萧红的想象
而我深谙于此，在极具硬度的缝隙中呼吸

坝上的车流与我无关
坝下的垂钓与我无关
河水中的采砂船以及泛起的波浪与我无关
鸟鸣、树丛乃至路灯都与我无关

如果孤独可以穿越
我会在萧红强烈的孤独感里暖着吗
会在她的呼兰河里裸泳吗

夕阳在左，河水在右
而我，终其一生也不会到达呼兰河口

敲击哈北的铁轨

我断定

你依然还在那里

硬度没变

就像当初穿透我心的硬度

我断定

那枕木上的苔痕

依旧沿着铁轨漫过脚下，漫向远方

那路基石的缝隙里

依旧有野花绽放，还是那朵

我断定

从来都没有梦见过

山风。傍晚。还有那列碾过岁月的火车

也从来没有梦见过

沉默。你的沉默。还有我的沉默

我断定

那个军人还在

坚守当初到达五龙背时的激情

那个营房也还在

正吹着你离开时留下的晚风

我断定

当我敲击哈北的铁轨

在五龙背就会传来

我再也熟悉不过的起床号声

切割

你在切割我

用厘米和秒萃取切割我的工具

我的碎片被挂在檐下

渗出一阵又一阵的关于切割后的风声

我已不再完整

我知道，这不是你有意为之

因此，我不敢说痛

关于切割后的**风声**

清滨路 37 号

宴遇，大不同
就在清滨路 37 号半地下的音乐里
在吹牛啤①的 30 号台
时光，或舒缓，或激荡
抚慰着
来到这里的人们
3 号"大黄炮"的啤酒花
就像《随心所欲》《像风一样自由》
从印有串烧工厂的扎啤杯里
溢出老家旧事

夜刚好，不早也不晚
生活在这里拉开又一场帷幕
不演绎虚伪
不浪费我们的爱
不剩下一滴酒
不偷偷地抹去眼泪或暗自窃喜
未见围栏
这里，是放牧着的草原

注：①吹牛啤，一个很有特色的酒店

122

蓝调，啤酒，满地

在清滨路 37 号的某个向深夜挺进的傍晚

在吹牛啤敞开着的 30 号台

我们看见了自己

请让我无限地接近

纳木错湖啊，你是谁的眼泪
布达拉宫啊，你是谁的帐篷
那成群的野牦牛啊，你们是谁的坐骑
我啊，为什么想磕长头

酥油灯点亮，酥油茶飘香啊
青稞熟了，青稞酒醇厚、绵甜、清爽啊
格桑梅朵绽放，我会是哪一朵啊

朝圣者不息，诵经声不息
在转山转水转佛塔啊，灵魂和肉体同行
那些隐忍、艰辛、无奈、疼痛、辜负、伤害……
被忘记，在消逝
我啊，欲念减少，正归于最初的平和

纯粹的天，纯粹的云，纯粹的眼眸
甚至哭和笑都是纯粹的
在你缓慢的时光里，追随内心深处的声音

请让我无限地接近心灵的意境
与孤独善处，与遇见对白

花園墻外的你的畫室總會
有墨迹和茗香溢出濃郁的風
那
佃二梅我有睁不诗

自录

馬碩

如果

请揭开我黑夜的幕

我想让他们看清我的轮廓、汗毛，还有血色

甚至看清我置于体外的心跳

被遮挡的感觉很痛，哪怕一两粒灰尘

游泳的鱼和飞翔的鸟思想单纯

而它们的情商超过我

生命有三种存在的方式

液态、固态、气态

洞察不到的对话是最具深度的，比如

木椅和树、羊和草原、水和天空

咖啡的味道和灯光的格调

也比如，我和擦肩而过的他们、她们、它们

剥光自己的时候才能无限地接近

掌控是时间和空间交织成的实体

在网里，在网外，我将踏进踏出

答案是一道最难的题，需要解析至生命终结

我不快乐，源于一两件衣服未脱

如果，没有如果……

如果有那么一个黄昏

嘟嘟，我想让哈北的夜长眠
我想在哈北长眠的夜里足够地想你

如果，有那么一个黄昏
你依偎在霞光掩映的湖畔树下，那定是
在等我，等我从你的身后抱紧你
没有一句话，只是抱紧你

嘟嘟，那个黄昏是暖的
就像我的心跳，就像我血脉的偾张
那把长椅是黄昏来时的信物
你一坐下来，湖面就为你翻开了微波粼粼
嘟嘟，不要哭，不要哭出声来

嘟嘟，我就要从哈北赶往
赶往落日之前你邀来的那个黄昏
要穿过都市，穿过森林
穿过黄昏之前的渴望，还有不可逃避的喧嚣
我已经听不见路过的风声

嘟嘟，哈北的夜是我一人的夜
我会从这里出发，在黄昏到达

身临其境

一叶木舟沉于水底

一条大鱼在黑色的天空中飞翔

一朵云、一颗星挂在树梢

而树的根须从未伸入到土壤的深处

所有的一切均未发声

有一条狗看着我

而我还带着坚硬的细长的锁链

眼睛干涩、皮肤干裂、嘴巴干渴、内心干枯

我的灵魂被挂在路灯下

不知名的怪物正用锋利的刀削掉火种

一朵花被染红

深不可测

当灵魂抽离出肉体

当头上长满犄角

当腿不用于站立，脚不用于行走

当飘浮成为主角

我宁愿进入另一维空间

只要能站着

马头，众多的马头

列队在一个梦里

不需要呼吸，不需要食物和水

像是一场涂鸦

而水只有两种形态的存在

或固体，抑或气体

所有的生命都在

但，所有的生命都没有体温

唯一存活的就是那盏路灯

孤独地点亮

旋转的万物

深秋

◎ 发梢

那风吹过的我的发梢

未断。白的是岁月，黑的是情怀

逆风而行的秋天

铺陈落叶，大地色彩分行

◎ 草

草，总会泛黄

在这个秋末，濒临这年的终结

春天还很遥远

草，需要在整个冬天救赎

◎ 温度

秋天的凉，在一早一晚

孤独的人只能自己给自己添一件长衫

或者，在中午时分

坐在院子里，捧起透过缝隙的暖

◎ 熟透

泼墨，渲染，多彩

有的一目了然，有的谙熟于心

那些执笔的过程

孕育希望，痛和熟透并存

◎ 候鸟

就这样远去，进而消失

在这个蓄谋已久又措不及防的深秋

我俯身割下门前的稻浪

然后，让稻秸在屋顶升起炊烟

◎ 松花江水

脚步已略显迟缓

有些思绪注定要在下一个季节里凝固

深秋的松花江水不忧伤，也不狂喜

骨子里的生机从未死去

◎ 雨

那不期而遇的雨，微凉

从我的坚强浸入我内心最柔软的部分

一次又一次地撞击

对于泥泞，我更需要一颗童心

声音

听，冰层的骨骼炸响
鱼群在松花江的脊髓里有节奏地游动

听，泥土的呼吸由远而近
树在自己延展的年轮里做着醒来之后的梦

听，窗子敞开胸怀
燕子在由南至北的路上，回归

听，街角长椅上弦音悦耳
路灯和风不时地弹拨出影动着的温度

听，有一枚上年的叶子撞疼了我的心
有几块石头在岸边固执己见，是我的昨年

世纪花园的夜市

世博路 2379 号是一家洗衣店

站在门前，就可以把世纪花园的夜市打开

哈北坝上初夏的六点半

那些穿梭在留声机里的人，不同而又相同

而我，只是一个奔跑着的骆驼

驼峰里，故事在慢慢沉淀

二十一件的 T 恤，十元三双的船袜

农家小园的蔬菜和本地香瓜

几尾观赏鱼、几盆石莲花，几只等待新主人的猫

都在世纪花园夜市的这一曲晚歌里

二三十元的熏酱拼盘

五元起的海鲜小炒

免费赠送的一小碟毛豆和一小碟盐水花生

哈特鲜啤几桶再加上几桶

烤冷面、拌凉皮、炸鸡柳、水爆肚、麻辣串……

进入傍晚的风，味道独特

喧嚣和嘈杂到底有什么区别

我想，这只关于我和我之外的那些流动的音符

万物生，是有质感的

像坝下的江水，坝上的建筑

像某一片云、某一阵风、某一声毫无遮拦的笑

像被彩绘在世纪花园夜市里的所有

哈北的留声机不紧不慢

单从这声音里就能察觉到哈北的色彩

而我，有时会坐在哈北的一隅

咀嚼感性、孤独、倔强，及偶尔也会脆弱的灵魂

竖起的耳朵

竖起耳朵

我竖起的耳朵没有颜色

所以，某些声音会忽略了我的存在

哈北坝上的晚风

对于我，似乎是一种沦陷

站立的树，根系丰满

在泥土里暗藏，在暗藏中思考，在思考后丰满

沦落只是季节性的产物

当云卷云舒，当大雨犁出泥土的气息

我的耳朵会染上色彩

尽管那些声音依旧忽略我的存在

我知道，语言需要嘴巴

我知道，脚步才是丈量远方的刻度

碎碎觉①

吸一支烟吧

我知道这是个不太好的习惯

五楼下的车库外

眼前有花，有树，有草

坐在车库里面的我看不见天空

此时很安静

世纪花园 C 区外的 126 路公交站

远处，医大四院里一定会住着生病的人

有些正进来，有些正走出

而有些则被留下，不再离开

好久都没有以这种方式出行

甚至，投下那张纸币的姿势都是僵硬的

我从人们的表情细胞里

提炼出来的都是幸福，或许他们不知

注：①觉，读音 jué，意为感觉

时光不急不慢

我能够看见，又不能看见

我能够听到，又不能听到

我能够触及，又不能触及

其实，每个人都是时间的过滤器

总能滤掉一些，也能留住一些

秋风微凉，树叶泛黄

我偷偷告诉自己

明天一定要穿一件长袖衣衫

他们说

他们说，你是一棵树
有时枝叶茂盛，有时落叶无痕
而我，树干从未停止呼吸

他们说，哈北是个什么东西
那坝上坝下又能衍生出多少故事
而我，只是在此行走的人

他们说，大剧院的歌声不是每天
喧嚣也罢，沉寂也罢，谁断了谁的琴弦
而我，却赏析四季的声音

他们说，你诉说的样子像个小丑
舞台的幕布拉开又合上，你搞笑了谁
而我，从未在落幕前哭过

他们说，哈北的雪可以穿透你的骨骼
风在坝上，凛冽你的瘦弱与单薄
而我，总是能够清晰地听到自己的心音

他们滑稽地说，你可以活到死
而我想说，这，有些人做不到

谈及几个维度

◎ 金钱

它的另一种身份是测谎仪

有些时候，那些爱情、友情、亲情……会在

初冬树叶落尽的时候露出苍白

◎ 树一样，站着

那个男人，像树一样站着

站在哈北的坝上，在岁月的风里和雪下

向着远方捋了捋自己泛白的头发

◎ 窗

不妨，把心靠近窗子

哈北坝上的阳光总会不偏不倚

晴朗地抚慰树及其根系

◎ 落荒而逃

从来都未曾拒绝爱与被爱

未曾拒绝那些风，那些雨，那些阳光和云

哈北的初冬，树叶就这样落荒而逃

◎ 无解

那道题是哪位老师出的？

摆在哈北初冬的坝上，不知有几种算法

江水深沉，树掉落的叶子无解

◎ 径直走去

从哈北向南径直走去

就会清晰地听到圣·索菲亚教堂的钟声

中央大街的面包石已站立百年

听夜

01

夜，早已悄无声息
在那些酣睡已久的梦里，姿势各不相同
时间正在慢慢消逝，不紧不慢

02

轮廓模糊，轮廓清晰
轮廓没有轮廓，轮廓还是原本的轮廓
依窗，对视虚拟的黑色
听这夜娓娓道来

03

孤独者正向着孤独的方向呐喊
黑夜正同步暗藏着所有的色彩

04

灵魂原本是干净的
而欲望，在夜里扭曲了事物的本相
楼下孩子的哭声最为真实
而我，早已学会了控制和选择

05

夜里的刀，寒光毕露，刀起刀落，有声无声

06

嘈杂本无序，呼吸不同频

总会有几盏灯晚来，总会有几盏灯早熄

总会有鼾声起，总会有夜未眠

07

解读黑夜是道最难的题

不限体裁、不限字数、不限语言、不限地域

不限年龄和性别

不限民族、不限婚否、不限爱着还是被爱

不限生于何处，以及死于何方

08

有些生命在黑夜中成长

而有些生命却在黑夜中毫无察觉地陨灭

09

风铃挂在我夜的檐下，风起我便会听见纯音

长堤北郭南的堤北
窗下你的花早已浸
透了雨下雨

乙丑夏五月书于蜀远斋原振东并

万达茂三楼的橡木椅

万达茂坐落在哈北

那三楼的橡木椅是褪去了枝叶和皮肤的橡树

以这种方式重生

橡树是阵痛的、骨感的

万达茂三楼

这一秒和下一秒都会有不同的风景掠过

橡木椅上的时光

似乎正在慢慢地停歇

我和它们一样

都在审视散落在思绪里的淡淡时光

坐在橡木椅上

我淡然地滤掉了喧嚣

用深邃的、柔和的而又平静的目光抚慰来来往往

他们都驻进了我的生命里

没有不自然

也没有故弄玄虚

橡木椅从来都不寂寞

每天都在阅读不同的人、不同的事

此时正在阅读我

当橡木椅周围的光散尽

不管万达茂的外面能否看到星或月或太阳

我都会因为那把橡木椅的存在

而温暖，而温暖

我，打马而来

打马而来

我并未想过会失声痛哭

而你用一曲长调

就把我的心带入草原，带到天边

彩绘云卷云舒，遍野牛羊

请不要嘲笑我

如果你未曾到过这里

亲吻一片草，捧起一条河，饮干一壶酒

请你不要嘲笑我

我哭，是因为我爱，爱得深切

不是在梦里吧

你怎么就舒展了我的筋骨，敞开了我的胸怀

赐予了我奔跑的风骨

那株萨日朗花在你的河畔绽放

而我，是否是你胯下的那匹枣红马

打马而来

你用整个草原滋养我

我想，你会拿起细细的皮鞭

放牧我的灵魂

我的骨髓在你的流域

◎ 享有

你很奢侈，因为你享有我

你很节俭，也正是因为你享有我

其实，你从未享有他物

除了我，你宁愿一无所有。过去乃至现在

你幸福只源于我幸福，仅此

◎ 绑架者

对不起，我是个绑架者

是的，我绑架了你的时间，绑架了你的青春

和青春之后

我绑架了你的无私和给予

绑架了你的惦记和思念，你的哭和笑

还有你的疼痛

可我，不想也绝不会松开

我的呼吸，你的传承

◎ **你的流域**

你流经一段历史，我也将如此

你是河畔长大的孩子，我是你的孩子

你把我放到小船上

给我翅膀，以及所有可能的晴朗

我的骨髓在你的流域

有风吹过你，在坝上的眺望

◎ **鱼熟了之后**

那时，我曾在鱼熟的时候

等不及。而你，用筷子打在我的手臂

敲击成我自小至大的一种习惯

现在的你，却径直把手伸入盘子里

扯出一根鱼骨，刺痛我

◎ **苍白**

对于你，我的一切都是苍白的 ……

对于你，我的一切都是**苍白**的……

我们都在离开

你没跟我说留下来

我也没有说

你开始步履蹒跚时，我不想打扰

怕你分散注意力

想必，你的手机已经关机

并南向而行

而此时，我已向北

将一段故事不折不扣地留下来

在以后送给你

我们都在离开

离开某条线上的某个点

下一站，我们开始

我们都不会停止呼吸、停止思想、停止行走

我们会在哪里相遇呢？

就像今天你没说留下来，我也没说

没有正确的答案

哈北，离我越来越近
而我们正向着两个不同的方向
在同一座城市时
我们没有问候彼此
我们又都用世界上最为深情的语言问候
我收到了，你收到了吗？

你让我想起春天
想起翅膀、想起马蹄、想起风声乍起
想起行囊、想起某个旅者

我们都在离开
而我们又从未离开

我们况且看不见鱼的眼泪

我们在坝上
在松花江水一路走过的坝上
那坝下鱼游的样子
其实是我们最想要的样子
清澈的、纯粹的，毫无遮掩地游
水下的风，顺流而下
水下的鱼，逆流而行

水上的一切，都存于水下
如某个秋天的静谧、某个春天的倒影
某个夜晚的月圆与月缺
某个树荫下的某个拥抱及某滴眼泪
某个孤单的没有结局的长椅
某个你们、某个我们

鱼也有错过
错过一叶水草的轻歌曼舞
错过一位垂钓者的等待
错过一个旋涡、一湍激流，甚至一场痛哭
错过另一条鱼游
鱼的自由在鱼，而不在我们

鱼没有眼泪
况且，我们看不见鱼的眼泪

我能否拾起一片叶子

我能否拾起你
安放在某个即将来临的春天的路上
打开某段文字的精彩
我在外面，你在字里行间

你在秋天里离开秋天
刺痛我。我在离家不远的路上停下来
捧着抵近初冬的寒，不能自愈
在哈北，风来时你已不在你的树上
而我的手掌不够厚重和平坦

在秋天的末节
我不想过早地睡去。你的轨迹在我的眸光里
像一幅油画，独具魅力
那大幅的留白，给了掠过树梢的风和秋阳
我可以装扮成任何一笔

哈北的坝啊

终究会埋葬所有，包括一棵树、一片叶子

也包括我，以及笔触

松花江水奔涌的方向

就是我们最终到达的方向

我是否可以

在某个旋涡中拾起你及某个秋天

风干落在掌心的岁月

我想，在平遥遇见

我想，在平遥遇见
在青砖灰瓦垒起的那座古城遇见

这个秋天的午后
我袖口拾起的风，正
轻轻地抚慰
抚慰那灰黑的城墙和暗红的灯笼
而我
却不知道你在哪个檐下
守候，守候
那个迟到了几千年的男人

注定会遇见
在这个秋天熟透的黄昏
在古城的某个巷口
在那个贤德女人寂寞的窗前
和你，不期而遇
你搂紧我时，我像个孩子
但我不想让你看见
男人的脆弱
背过身去，一场雨就这样到来

遇见你时

我就站成了西北汉子

站成就想着能吃上一碗拉面的汉子

胳膊上，你留下的唇印

还渗着鲜红，一滴又一滴

你的体香、你的耳语、你的遥望

刻上了骨骼和血脉凝成的碑文

剪纸窗花贴满古城

你沐浴后的样子

定是在等我遇见你的样子

我想和你在北方遇见

我想和你遇见

在北方的某个小镇

你可以选择

在任何季节与我相遇

之后，就由我

来装扮你的四季

街角的西餐厅

从来不拒绝浪漫和情调

我插一支红色玫瑰

作为信物，邀约

再斟上两杯 1976 年的陈酿

等你性感的唇

红砖和青瓦

已经备足

就等你，与我一起

盖一座爬满花香的别墅

在庭院里信手涂鸦

每个清晨

我都会让窗台上的阳光

以最暖的姿态

亲吻赖在床上的你

我则会从书架上选一本诗集

坐在床边，陪读

我最期待在冬天遇见

这样，我就可以站成雪人

你就会调皮地

给我系上绒线围巾

这样，我就可以抱紧你

你就能感觉到

我胸口的温暖和呼吸

时值北方隆冬

我在等，和你的遇见

遇见

你不更承與難勉勉勉到在顏出
古納河哗千序陌團意深性國
狗念憲

辛智書趙雪此雅

我与树的对话

放下你的故事吧

在你由深秋赶往初冬的路上

只给我留下一丝寒凉

我可以用整个冬天思考

用整个冬天风干一叶又一叶过往

燃烧一脉金黄

释然零度以下的某个刻度

不慕远方，暖雨秋阳

我不如你

站在那看不见漂泊

我不如你

允许遗失每一片叶子

我不如你

那么淡定与从容

我真的不如你

在哈北的坝上揽入所有的风景

自斟自饮

你能摘下一片叶子吗

轻轻贴在我的额头，让我慢慢醒来

让我爱上孤独，爱上寂寞

爱上坐在岁月的枝头抒写

爱上自己

等这阵秋风拂过

你还是你曾经的样子，不偏不倚

而我更习惯于欣赏

哈北坝上的层林尽染

午后，某个春天的哈北坝上

在你的坝上

在某个春天的哈北坝上

午后

太阳正在迫近春天

哈北大地的门，慢慢敞开

风在拥入，雪在消融

江畔上越冬的船正在整装待发，等坝下

即将分娩出一条河流

在哈北的坝上

向南，是历史沉淀的松花江

向北，是思想的崛起

哈北每天都不一样，像我

新陈代谢

坝上，午后的阳光至暖

我看见两只麻雀从一个枝头跃上另一个枝头

又有两只麻雀，似乎做着同样的动作

而我，也不是一个人站在坝上

我正和自己的影子对话

孤独是相对的，在这里不会留下

阳光下，树在均匀地呼吸

每一次呼吸，树干和树枝都会绿一点儿

树根都会伸入大地一点儿

即使，我放慢了哈北午后的时光

即使，我背对着科技创新城

哈北的黑土层足够厚

整个冬天的雪都会在这个时候浸入到哈北大地

真正的思想者从不侃侃而谈

因为，哈北知道

春天不仅仅是一种符号

大剧院站在哈北的坝上

站在坝上的还有我和两排路灯

我们一同

向南，向北，向西，向东

向天空，向大地

向内心深处

站在哈北的坝上

直到我消失在自己的影子里

我知道

哈北的梦即将破晓

醒来的那一刻

定会

春暖花开，江水涌动

弦音

就在哈北的坝上沉淀

沉淀时有时无的风，在树上的弹拨

那些乐音从黑土里深耕出来

像我们的父辈，我们父辈的父辈手上的老茧

坝下，江水醒着、走着、睡着、梦着，在南

炊烟盛放或凋零，在北

牛羊牧甜草于岗上

鱼米绘晚霞于怀中

那盏灯火从我出生的时候就在

从眼里燃到心底

总有一群音符在某个时段在黑土地上跳跃

四季同向，又各不相同

有浪花欢乐，有塞北飘雪，有冰上圆舞，有太阳岛上

哈北从不虚构乐声

舞台剧每刻都在上演，且生生不息

像史诗一样穿越读者的灵魂

那些慕名的人

正从四面八方蜂拥而至

觅绕梁的音符，结一世的情缘

站在哈北的坝上

向北

你望不到哈北的尽头

总有一群**音符**在某个时段在黑土地上跳跃

向北，不只是一种方向

D7095 在铁轨上奔跑
向北。故事不同
对于我，那些会读心术的人不能近身
孤独是有深度的井，无法目测

北，某种方向的代名词
而向北的含义，不只是一种方向
水是没有源头的
那是因为我们还没有探寻到源头的源头

沿途的那些小站都是静止的
3~4 级风是静止的，飘动的云朵是静止的
光影和颜色是静止的
我的呼吸和心跳是静止的
唯独坐在池塘边垂钓者的版画是流动的
那上面有生与死，哭与笑的刻痕

我从哈北来，从哈北的坝上
开始丈量，单纯的物种，干净的灵魂
无限接近本相
北是一种方向，绝不只是一种方向

向晚

摇下车窗，吹一缕哈北向晚的风

阳明滩大桥像是一个守望者

守望江水流动，守望稻浪起伏，守望岁月更迭

我只存于你的北岸，而你一路由北至南

我的一生只种植两种作物

一种是你，另一种是诗，这都与远方有关

没有什么可以阻挡生长的力量

我知道，我们只存在空间，而从未涉及距离

鞋带

你睡了吧

在我遥不可及的梦里，你睡了吧

你的夜那么安静

没有马蹄、没有落叶、没有风沙

可我，未睡去

我怎么也不肯轻易睡去

因为我还未到达

到达你织满花儿的山岗和绘上云朵的天空

你裙摆舞动过的江畔

只收留了我的孤独与寂寞

我在

等，月光打湿小船

等，小船用江风弹拨一曲晚歌

等，晚歌入梦

等，梦将时钟一圈又一圈地拨回

那蹲下身子系鞋带的孩子

还在懵懂地、羞涩地、单纯地用目光扯着你裙摆的影子

是不是很愚蠢

那个以流浪谋生的孩子，是不是很愚蠢

那系鞋带的姿势，是不是很愚蠢

你的裙摆，是不是很愚蠢

带我到山顶吧

我只是想：摘一朵云，回家

野狼湖

嘟嘟，你忧郁的眼神
像极了傍晚里幽蓝幽蓝的野狼湖
我坐在你的岸上
没有风，你藏匿了所有故事

我不敢直视你
因为你的眼神足以吞噬我的灵魂
我会消失在你的湖水中
没有人能够读懂我泛起的涟漪
夜幕映不出一滴血红

野狼湖的水草丰美

像你黑黑的长长的弯弯的睫毛

只要你眨一下眼，我的眼泪就会掉下来

滴在你幽蓝幽蓝的湖水里

我想撑一只小船

缓缓地在你腹地里畅游

你会慢慢地剥去我的外衣，剥去我的内衣

触摸我的皮肤，我的骨骼

贴在我的胸口听一匹野狼的呼吸

嘟嘟，每个夜晚

你都会亲手摘下天空中所有的星星

在你幽蓝幽蓝的瞳仁里

把你的梦交给我的梦

你的湖水没有边际

我在你的岸上垂钓，湖里撒网

是不是，我不该收获你的鱼，以及你的忧郁

有些狼进入不了你的领域

而我，已将你的鱼晾晒在你的岸边

幽蓝幽蓝的野狼湖

正是你忧郁的眼神

你每一次荡起的幽蓝幽蓝的涟漪

都会听到一匹野狼的悲怆

我在你的岸上垂钓，湖里撒网

是不是，我不该收获你的鱼，以及你的忧郁

夜，至深

◎ 声音

如此静，万物沉睡

如此喧闹，万物都在推开我的门

如此，听自己的心跳

◎ 羽毛

落地是有声的

而更多的人习惯了逃避，进而假象丛生

我拾起它，并安放在灵魂里

抵御风及雨的来袭

◎ 坝上

我是站在坝上的那个人

我是站在坝上的那棵树

我是那个人摇落的那棵树上的叶子

我是叶子上的故事梗概

关于坝上人与树的哲学

◎ 药效

酣睡入梦，而后在醒时醒来

疗愈灵魂，而后在睡时睡去

药效，是自我欺骗的一种意识形态

短暂而又荒谬

◎ **丰满**

总该有几个不睡的夜晚

否则，人生就不够丰满

◎ **顽皮**

等黑色渐白

等白消失了阻隔我呼吸的窗帘

等我变得顽皮

◎ **黑夜**

黑夜，什么都没有

黑夜，整个世界都会来过一次

黑夜，渐亮

一条死鱼及其他

一条鱼死于你的岸上

另一条鱼也将要死于你的岸上

一只船沉入水下，悲哀

另一只船也将要沉入水下，悲哀

一只鸟飞往天以外的远方

另一只鸟也将要飞往天以外的远方

一棵树在风中对抗孤独

另一棵树也将要在风中对抗孤独

一个夜黑得不能再黑

另一个夜也将黑得不能再黑

一个人想起过去

另一个人也将要想起过去

天亮的时候

是否有人会给鱼做人工呼吸

会打捞起悲哀的故事

会找到丢失已久的翅膀

会站成树旁边的树

会点燃火把

会推开早晨的门为自己而醒来

我们似乎从未睡去

可我们似乎又在梦里，虚无

伊犁，风一样地掠过

嘟嘟，伊犁的初秋更像深秋

我风一样地掠过，扯出一抹单薄的残阳

那拉提草原上的草

正在接近枯黄

马蹄起兮，你已遍布了整个伊犁

而我，却独居在哈北

赛里木湖那幽蓝的眼神

像是一个影子杀手。秋风苍劲

但见湖边青灰的碎石

但见南飞哀鸣的孤雁

但见我的梦寒意苍凉

薰衣草不在

油菜花不在

可我知道你在，在《热瓦普恋歌》里

在伊犁河畔的游牧地里

胡杨的不朽

像是一种心理暗示

而我，作为一片写满思念的叶子

在伊犁的秋风里

默不作声

嘟嘟，伊犁的深秋刺痛着我

此时，我只想坐在那把长椅上，用都塔尔①

唤来你散落在秋风里的马蹄

注：①都塔尔，新疆维吾尔族的传统弹弦乐器

以哈北独有的状态

我的哈北的确不是很大

以至于只一江一坝，一桌一椅，一壶老酒

我的哈北也广袤无垠

以至于越过了我思想的疆域

在骨子里生长的我的哈北

泼墨的姿态像极了李白月下赋诗的姿态

至此及远我都会为之而醉着

醇香是抹不去、舍不得、爱之深的味道

远离于哈北的诗人啊

你们，是否已经准备好了行囊

是否已在赶赴哈北的路上

是否已决定昼夜宿营在哈北坝上，垂钓

哈北的风吹草动与叶落无痕

在我的哈北的坝上

我会以哈北独有的状态守候你们的营地

因为，我想聆听你们的心跳

聆听你们对于哈北用诗歌的回答

音符

夜半，哈北的音符还在跃动

像我，站在坝上迎风而起的思绪

夜半，哈北的风不大不小

像我，在哈北此时此刻的样子

今晚，我分辨不出月亮的圆缺

因为，云遮住了我的眼

坝下，只能在我的想象里波光粼粼

岸边，存有我的梦，渐次拉长

孤独，是思想的种子

而我，正深陷其中

向远，他们都在某个既定的音节上

弹拨，爱和忧伤

深夜，会安抚孩子的哭声

或许，我会看见月明

用一首诗搭建墓碑

对于我来说

宁愿倔强，宁愿单纯，宁愿迎着哈北的风

宁愿站在坝上死去

宁愿只留下一首关于哈北的诗

宁愿只有一人能够读懂我

我从未见过鬼的模样

那些建筑物，从来都不会改变我的血型

站在坝上，太阳是刺眼的、暖心的

扼杀灵魂的，也是赋予生命的

死亡的种类不同，活着的种类也不同

在坝上久了，我只想写首诗

写首关于哈北的诗，关于草和树林

有些人会因为一首诗记住我吗

或者只记住有那么一首诗

我是醒着的，我在我的诗里

我是有呼吸的动物，我的诗在哈北的坝上

唱晚的渔网，起伏的稻浪

大剧院的乐符悠扬，金河湾的碧波荡漾

炊烟，夜，灵魂深处，嘈杂声

慵懒的两岁的猫

工地上工作了二十四小时的打桩机

花盆里伸出枝叶的草莓

我听到门铃声

岁月的痕迹植入我灵魂的深处，我坐稳

不喜、不忧、不骚扰，更不猥亵

死亡，只是附加在肉体上的事情

现在的我，特别想

用一首关于哈北的诗搭建墓碑，仅此而已

仅此而已

有时候哭，不是因为痛

这该是我多么熟悉的坝哟

那些站着的树，和我一起生长笑和痛

它们的枝叶，我那么的熟悉

吐绿，叶茂，树影婆娑，落黄，孤独的故事

都在我记忆的深深处，不染一尘

我熟悉的坝，那么的熟悉我

所以早早地斟满了酒香，钓上了鱼肥

诵读了一首关于树根的诗

曲调悠扬，像松花江水激情荡漾

在哈北坝上，我决定不要离去

你们呼唤我的乳名

我想，也只有你们才能呼唤我的乳名

我是倔强的种子，被种在坝上

从不轻易落泪，也从不将悲伤落上坝上的枝头

此时，我哭，不是因为我痛

有时候我会这样，就像此时此刻

我无法控制我的潸然泪下

再次念及其他

◎ 孤独

我从未如此的痛

那被南山的三角梅刺伤的感觉

孤独，无法被形容

◎ 根，在蔓延

你是我生长的脊梁

从哈北到南山，从过去到下一轮日升

根，在我的日子里蔓延

◎ 杀手

在南山坚毅的眸子里

有一种孤独正在射杀来自哈北的我

你，不知不觉浸入

◎ 树

你是哈北的孩子

如今在南山站成了一个北方的汉子

我，痛得如此欣慰

◎ 赶往

我一直在赶往你的路上

或许，你一直等我在南山的某个约定的路口

这时的哈北，雪已悄然漫过江南

◎ 雪

哈北坝上的初冬

一夜间已铺满了雪，像一张四尺宣。等

南山在墨痕间，留白

◎ 不想睡去

子夜，尚早。南山

你还在我的哈北的思绪里喧嚣

我，只是不想睡去

◎ 那把木吉他

多想，在南山的某个巷子里

我可否带上你留在哈北的那把木吉他

看着你，从某个弦音里路过

◎ 南山，我从未离开

我就在南山，在种着三角梅的路上

海风从南海北部湾吹来

你的发丝未乱，我的思念却孤独

我想你一定會查某
個不經意間聽見自己
骨骼生長的聲音

录孟廣東先生句庚子秋王志新

在坝上，我要与哈北合体

那些爱上哈北的人一定是有原因的

有些人生在哈北，有些人慕名而来

我曾为自己想过好多种理由

比如习惯了哈北的四季

恋上了哈北的风情

比如骨子里根植了哈北坝上的一抹情怀

脊髓中浸润了江水的舒缓与激荡

比如坝上的树、池塘的夏夜、秋天的稻浪金黄、老屋屋顶的

炊烟

比如向晚的风、月色和一壶老酒

比如我深居哈北的所有呼吸

灵魂深处的思绪超越一切范畴

在坝上，我已向哈北递交誓约

我要在华灯初上的某个夜晚与哈北合体

只因为，哈北是我坝下的流年似水

我是哈北坝上的诗意如风

在草原深处，给我一匹马的灵魂

你给我一匹马的灵魂

让我在呼伦贝尔大草原上放荡不羁

酒烈，深醉了我呼啸的风

云朵复活，河水复活

草场复活，羊群复活

我复活，万物都会在此刻复活

我曾把自己葬于哈北的坝上

没留下一滴眼泪，没种下一朵时令的花

坟冢荒芜

或许我该捧一抔土，安慰某种死亡

我可以喊出声来

可以咒骂，可以祈祷，可以痛哭，可以大笑

可以从长调里扯出历史的悠远

可以从马头琴里望见万马奔腾

醉，要深醉，要舍我其谁地醉

醉在马背上，醉在毡房里，醉在云朵下

醉在河畔，醉在夜晚

醉在你怀里。请不要叫醒我

因为我不想失去自己

不管活着，抑或死去

我都会记住自己在草原上的嘶鸣

在哈北，音符是一种植被

那些音符都是水做的

是松花江水不息的存于深处的灵魂

在哈北，音符是一种植被

遍野的律动，随时都能信手拈来

在坝上的风里

在松北大道的两侧

在某棵树上

在某个夜晚的月光下的柳荫

在波光粼粼的倒影间

在松花江上那摇橹人的眸光中

在哈尔滨大剧院

在金河湾湿地

在我，一个哈北人的胸怀里

四季的哈北

思绪不同，歌声不同

北站，已收纳了来来往往的人们

把脚步留下，把声音带走

把哈北的梦惠及

诗意的哈北，朝向远方

在哈北的夜里

不眠的我，就是一个音符

等四面八方的弹拨

在哈北的坝上，我数落自己

◎ 0

其实我早已拥有了所有

其实我什么都没有，除了灵魂全部归零

我从未试图占有，但我也从未贫瘠

◎ 1

哈北坝上的树和我如出一辙

风四时不同，而倔强者的思想从未被摇动

在岁月中洗礼的坚挺至死不会改变

◎ 2

哈北的坝上，只有两个物种

我和其他。我是哈北坝上用诗歌做灵魂的草根

而其他都在我的诗里，养分充足

◎ 3

都是我的师者，都在我行走的哈北路上

那些伪善、贪婪……

那些豁达、睿智、本真、坚韧不拔……赐教终身

◎ 4

在哈北，春夏秋冬个性鲜明

像我总是直白地面对，不遮掩不修饰不做作

雨来时赏雨，雪落后只记住纯洁

◎ 5

有个季节藏匿于心，凌驾于四季之上

生命的控制力超出所有的想象

在哈北的坝上从来都不缺乏兴致，如果你可以

◎ 6

顺风顺水，顺时顺利，顺情顺缘

哈北的崎岖，章句小儒会阻止生长的方向

而淡然者总是神闲意定，在坝上望远

◎ 7

像收割的镰，像飘扬的旗帜

哈北不曾有片刻的停歇

坝上长大的孩子，心音与步伐同频

◎ 8

哈北的广阔不附着在大地上

眸光里，思绪中，哈北的声音浑厚而富有磁性

故事涓涓东流，哈北漫无边际

◎ 9

醇香。哈北更喜欢爽约，更擅长烈酒

我自始至终都醉着。在坝上，我依树而眠

等你的脚步踏过我存有傲骨的身躯

在哈北的郊外，等落日到来

那辆白色的吉普"自由侠"
正独自潜入哈北郊外的腹地
在坝上，自东向西
不偏不倚，正是赶往落日的方向
哈北的硬度渐行渐远
有一种暖在靠近村庄的时候被炊烟扯出
稻花的香在记忆里泛滥

哈北的郊外不动声色
她接纳我，像接纳一个走失的孩子
她用整个世界抚慰我的孤独
唯恐我站在坝上
失去一个男人的风度

哈北的郊外，河流是宁静的
水中撒网的小船是宁静的
跨越了松花江支流的那座桥是宁静的
对岸的牛和羊是宁静的
岸这边三只鹅和一条狗的叫声是宁静的
来此休闲的人们是宁静的
居住在这里劳作着的农民是宁静的
所有的树和草是宁静的
只有我，曾放大了江水的波澜
放大了拂柳的风速

哈北的郊外，落日

越来越贴近大地，贴近村庄，贴近我

我想，我的影子会遮住城市

遮住喧嚣，遮住浮躁，遮住某种哭和某种笑

我知道城市的霓虹

会在我的归途中点燃火把

我也知道，焰火会灼伤肉体，也会铸造灵魂

哈北的郊外

渐渐隐去。隐去炊烟，隐去河流

隐去绿色的植被

隐去云，隐去渔网中的鱼，隐去那座桥

隐去所有眸光，包括我

如果，我不是把灵魂贴在胸口

或许，我分辨不出在哈北郊外的呼吸

在，不在，都在

在哈北的某节车厢里

在哈北的某节车厢里

我们推杯换盏，喧嚣与沉静是同一种镜像

车厢里长条形的桌子上

只摆放了两样物品

其一是陈年的烈酒；其二是尘封的故事

这哈北的某节车厢

总会繁衍出些许悠长悠长的过往

那些娓娓道来的

是某声鸣笛的渐远和某滴泪水的绵长

像在吟唱《风吹麦浪》

在哈北的某节车厢里

我们将浓郁的醇香泼墨在这一段旅程上

哭与笑，留白一抹晚来的风

隔窗而望，哈北站台的长椅犹在

掸一掸浮尘

有些段落已不再会被录入哈北的诗集

尽管，有一双手

或许还在慢条斯理地弹拨

在哈北的某节车厢里

只坐着两个人，一个是你，另一个是我

我们只是在慢慢翻开某一本书

在哈北的某节车厢里

当我们举起杯时，就会有一片叶子轻轻跌落

跌落在某个灵魂深处，泛起阵阵涟漪

在哈北的某节车厢里

有辆绿皮火车就此驶过

在哈北思念你的痛

你灵魂的香气，刺骨

那跨越整条河流的风

就在你的扉页里，字里行间

被你种上囚禁我的长满荆棘的围栏

当初，你是否存有预谋

时间错过了时间

遇见错过了遇见

在孤独的夜里

我翻开，你爱着的爱，痛着的痛

所到之处，浓烈

你从未亲口叙述

从你的爱里抽离出来的痛

轻风拂过

你就在眼前

你痛的样子就是我现在的样子

但我来不及抚慰

你是灵魂有香气的女子

在你的爱和痛里

定会出现一个深居哈北的我

你并未知晓

我在几个轮回过后的

思念

嘟嘟
我已坐在餐桌的一側我想你正在趕來的路上屬正趾着你的學禍擇

庚子處暑王竟凡淞書

在哈伊高速公路上

哈北的初冬没有什么意外
我似乎忘记了那坝下的水和坝上的树
在哈伊高速公路上
我醉去，源于层林尽染的遇见

你执一把吉他
将音符铺在我行走的初冬的风里
在你水墨山水的画布上
你将我弹拨成浓淡适宜的笔触
像一棵白桦，一叶松针，一缕阳暖
像画作者的泼墨渲染

山间的小木屋

是待我遇见的小木屋吗

那刻满岁月的印痕

可以在我的心底泛开涟漪一样的故事吗

你窖藏的烈酒里

是否会飘来一缕炊烟袅袅

是否会映出一尾鱼肥和一束稻香

是否会滴落一滴泪

润湿我，还有小兴安岭

窗外的风景四时不同

在我行走的心里，开也优雅，落也从容

暂且的悲壮

你的某些行为刺痛我
沿着我来的方向，弄脏了干净的橱窗

没有生命的地方没有路

我从不涂改皮肤的黄、土地的黑、太阳的红
在镜像里，我不想丑化自己

我也许会死在某个角落里

在某一天，决定选择用某一种形式的呐喊

穿越某个耳朵，穿越某种眸光

穿越某颗心脏的跳动

而我，正在打造墓碑的成色

我已把悲哀植入体内

在你不屑一顾，藐视生命，偏离自己的时候

为你，进而为我

我在等一朵花开

在有风拂过，有雨漫过的山坡

如果，我可以等待

那下一个春天里，这里是否会用花香遍野

安慰我暂且的悲壮呢

现在，我只是想为自己打开某一扇窗

让风从胸口吹进来

不招摇，也不狂妄

择

01

饥饿至极的人

思想一定是最为单纯的，旁无杂念

面条或馒头，足矣

从不乞讨

02

丁香在哈北的夏

铺满诱人的姿态和味道

雪花舞在冬的窗下

自然而又和谐

03

我所在的松江畔

稻浪随风而舞，鱼群听晚舟浅唱

迎着炊烟而归的落日

蒸一盆米饭，煮一锅鱼香

04

举起杯，就会扯出情怀

那是故乡最美的味道

我们从未有过半点儿的距离和生疏

树，因根系而茂盛

05

你打开我院落的门

为我修剪葱茏，浇灌枯萎，拭去灰尘

而有的人会沿着你来的方向

仅留下两次关门的声音

06

其实，我更青睐蜿蜒的小路

那路边的风景定是极其富有层次感的

在宽阔与笔直的路上

行驶的人容易疲劳，容易犯困

07

所有的安排，都恰到好处

其实哭和笑只是最简单的生理反应

然而，有些聪明的人

把哭和笑装入大脑，择机而行

關於合北與愛愛
的距離則不止
是打塵二兩根錢
親的事

庚子滅秋
林希葉蘅事詞志華

周庄，我的水妹子

都说你是水做的江南女子

遇见你时，你正在江南的烟雨中

撑着那把油纸伞

深情地望着我，你若有所思

好像要为我扯出一缕来自春秋的风

不知不觉

你已把粉墙黛瓦一帧一帧"绣"上

穿透肌肤，绣入骨骼

穿透骨骼，绣入脊髓

穿透脊髓，绣入灵魂

穿透灵魂，绣入橹声的欸乃、昆曲的悠远

你早已绣上了依水的街、依街的市

绣上了古石桥、桥下的水

你更绣上了自己，吴侬软语、一壶茶香

绣上了我来时你的回眸

遇见你时，你已梳妆打扮完毕

我好想，与你不顾一切地爱上一回

在某一天，你拉上夜的窗帘

把我揽入你怀里

我就可以那么幸福地枕水江南

总会有几片叶子照进

初冬了，这里并未萧条
只是想用雪的自淡看往季的喧嚣与骚动
当人们靠近窗子，靠近辽阔
就会发现有某几片树叶在慢慢照进
某些故事就会被编撰成册
然后，在某些灵魂的深处封存

我知道，哈北坝下的江水就要凝固
哈北坝上的树叶就要掉光
炊烟里，松花江水正在蒸一碗稻的清香
炖一条鱼的鲜美
唱一曲乡村的宁静与安详

雪，可以再大些再白些
这里的故事，可以再多些再远些

垂钓者破冰而渔
播种者积肥待耕
撵雪的声音里总是蕴含着某种力量
其实松花江水从未止息
如果你步入哈北坝上的腹地
就会看见跃然雪地的音符

我从这里出发，不曾遥远

我断定：

总会有几片漂泊的叶子钻入泥土

紧紧握住老家的根系

我从这里出发，**不曾遥远**

醉卧晚风

嘟嘟，我早已等在那个街角

站在那儿，吹了许多个季节的风，等

今年的叶子是否还是去年那枚

我酒壶里的酒，越来越陈

不知道是否会被斟满

是否会映出一轮秋月和一片雪花

是否会在指尖响起一个音符

我那沾满灰尘的鞋子

陪着我，它知道我该站在哪里

站成什么样子

它知道我泛白的头发里

藏着怎样的故事

街角路灯下的长椅上

我的背包孤单，我脱下的长衫孤单

我瘦弱的影子孤单

我一直未坐，只等你来

那壶酒，我已烫了又烫

不管你来与不来

我都要在我们一起走过的街角

醉卧晚风

后记

遇见是最好的诠释,所以我珍惜每次的遇见;遇见是最美的恩赐,所以我感恩所有的遇见。当你遇见《哈北》,我就遇见了你。我们将以诗歌的名义,或擦肩而过,或促膝而谈。感谢你能打开我心灵的窗子,我会以最为尊重的姿态面对。

哈北是生我养我的地方。作为一个在哈北坝上长大的男人,最让我割舍不了,也无法舍弃的就是对这片土地的情怀。我喜欢这里土壤的厚重、草木的顽强、江水的生生不息、天空的阔达,以及万物的本真和纯朴。爱是存于骨子里的东西,它滋生出我灵魂深处的行脚,表达有多种方式,而我,更喜欢用诗歌的语言膜拜。

诗歌是我们唯一的母语。我所理解的诗歌一定是纯粹的、有质感的、无杂质的,是肉体与灵魂结合的产物,是发自心底的最为真实的情感表达,兼顾小爱与大爱。

这是我诗歌所遵循的最起码的原则，我一生都要遵循的最起码的原则。尽管，我的能力水平有限，但我会坚持学习、坚持写诗，我会尽全力而为之。

是时候该出一本诗集了，圆自己一个梦。为此，我也做了多年的准备，不想随波逐流，不想草率为之，只希望能够给自己一个正确的指引和方向。这本诗集是我的首部诗集，以"哈北"命名，因为我生在这里，长在这里，我的诗歌几乎都与哈北魂牵梦绕。也想以此将哈北推荐给读者，并已备好酒的醇，在坝上邀约和等待。而今，我笔下的哈北已不再是一个区域名称，它是我心中的一种文化疆域。

本部诗集倾注了太多人的心血。未曾谋面的鲍十先生（为诗集作序）、王立民先生（为书名题字），在此深表感谢。帮助我精心筹划出版的李晓东同学、马硕老弟、李景春老师，不多言表。那些为我的诗集撰写诗句的书法家朋友们，我只想在哈北坝上与你们把酒临风，希望你们能如约而至。那些在我生命中出现的所有的人、物、事，我都会以感恩的姿态敬重。

生命有限，文化无疆。我只想做简单、单纯的写诗人，只想做哈北坝上以诗歌为灵魂的草根写者。写诗是我的幸事，我想看见我生长的样子，过程比结果更重要。我的首部诗集即将呈现，敬请翻开这部诗集的您，斧正（诗歌路上）年轻的我。

2020 年 8 月 1 日

◎　某年在松花江畔呱呱坠地，据记载第二天立冬。

◎　某年在马下玩耍，所幸未被踩踏。

◎　某年失足落入村后池塘，几次沉浮后终得一竹席获救。

◎　某年背起书包，做小学生，夜晚在土炕上、方桌前、油灯下、瞩目中写字、算术。

◎　某年春节写小诗《红灯笼》，现在回忆应为顺口溜。

◎　某年在涝洲镇中学读书，父母皆在此任教。

◎　某年辗转就读于三所高中，两次高考落榜，校园生活结束。

◎　某年岁末入伍，曾获优秀士兵殊荣。

◎　某年在《散文诗》刊发表处女作《相思·马》。

◎　某年脱下戎装返乡参加工作，暂时搁笔。

◎　某年在中国移动黑龙江公司从事工会工作至今。

226

◎　某年背双肩包乘高铁至大连看海，回到哈北后开始继续写作。

◎　某年加入中国纪实文学研究会、中国散文诗作家协会。

◎　某年成为中国诗歌网认证诗人。

◎　某年荣获孔子文学奖、中国诗歌大赛金奖、中国十佳男诗人奖等。

◎　某年荣获世界诗歌节·苏菲世界诗歌奖提名诗人。

◎　某年作品在《环球人物》《中国采风》《澳门晚报》等报纸杂志上发表。

◎　某年作品刊载在《世界汉语文学大观》。

◎　某年作品入选《中国实力诗人诗选》《中国百年诗歌精选》《中国当代诗人佳作选》

　　《当代作家作品精选》等诗集选本。

◎　某年被誉为中国当代散文情诗才子。

◎　某年已知天命，筹划个人首部诗集。